사랑을
싸랑한 거야

사랑을
싸랑한 거야

정 미
장편소설

특별한서재

차례

"날 위한 반지를 만들되, 큰 전쟁에서 이겨 환호할 때도 교만하지 않게 하며, 큰 절망에 빠져 낙심할 때 좌절하지 않고 새로운 용기와 희망을 얻을 수 있는 글귀를 새겨 넣어라!"라고 이스라엘의 다윗 왕이 반지 세공사에게 지시하였다. 이에 세공사는 아름다운 반지를 만들었으나, 새겨 넣을 글귀로 몇 날 며칠을 고민하다가 현명하기로 소문난 왕자 솔로몬에게 도움을 청했다. 그때 솔로몬 왕자가 알려준 글귀가 바로,

'이 또한 지나가리라!'

이 글귀를 적어 넣어 왕에게 바치자, 다윗 왕은 흡족해하며 큰 상을 내렸다고 한다.

탈무드보다 오래된 미드라쉬에 나오는 이 이야기를 근거로 랜터 윌슨 스미스Lanta Wilson Smith는 다음과 같은 글을 남겼다.

거대한 슬픔이 노도의 강처럼 평화를 파괴하는 힘으로 그대의 삶으로 쳐들어오고 소중한 것들이 눈앞에서 영원히 사라져 갈 때, 힘든 순간마다 그대의 마음에 말하라.

'이 또한 지나가리라!'

끊임없는 근심이 즐거운 노래를 들리지 않게 하고 피곤에 지쳐 기도조차 할 수 없을 때, 마음의 슬픔을 줄여주고 나날의 무거운 짐들의 무게를 가볍게 하도록 하라.

'이 또한 지나가리라!'

행운이 그대에게 미소 짓고 근심 걱정 없는 나날이 환희와 기쁨으로 다가올 때, 세속적인 보물들에만 안주하지 않도록 이 진실의 말을 그대의 마음에 깊이 새겨라.

'이 또한 지나가리라!'

정직한 노동이 그대에게 명성과 영광을 가져오고 지상의 모든 숭고한 이들이 미소 지을 때, 삶의 장대한 이야기도 세상사에서는 짧은 한순간에 불과하다는 것을 기억하라.

'이 또한 지나가리라!'

◇

1

난 지금 바쁘다. 한 남자가 눈 속에 들어왔기 때문이다.

언니도 키 큰 비보이를 바라보고 있다. 이제 언니는 오른손을 들어 머리를 쓰윽 쓸어 올리고는 보조개가 들어가도록 웃을 것이다. 아니나 다를까, 머리를 한번 치켜 올리더니 보조개가 쏘옥 들어가게 웃는다. 언니는 진짜 예쁘다. 우리 언니 어지혜.

지금은 무더위가 본격적으로 시작된다는 7월 말이다. 우리는 야외 무대가 있는 강가의 나무 아래에 앉아 있다. 춤 연습이 끝났는지 키 큰 비보이가 지나간다.

"죽인다, 죽여!"

내 말에 언니는 씨익 웃는다. 이게 언니와 나의 차이점이다. 어떤 것에 대해 생각하고 표현하는 방식의 차이. 저런 비보이는 웬만해선 자신이 먼저 여자애들에게 관심을 갖지 않는다.

나는 저런 애가 말을 건다면 두말 않고 벌떡 일어나 와락 안길 것이다. 저들과 춤추고 노래 부르고 싶으니까. 하지만 언니는 눈요기할 따름이다. 눈부신 근육질의 몸과 우리를 보고 말을 걸지 않을 입술을 바라보면서.

나는 목에 매달린 카메라를 잡아당겼다. 비보이한테 쏠린 눈길을 돌리기 위해서다. 몸매 짱인 남자애를 좋아하지만, 나에겐 그림의 떡일 뿐이다. 그래서 카메라를 만지작거리며 "언니, 우리 사진 찍으러 온 거 맞아?" 따위나 지껄이는 게 고작이다. 그건 이토록 아름다운 강가의 공원에서 이렇게 지리멸렬하게 하루하루를 견뎌내야 하는 것과 똑같다.

"언니?"

침묵.

"언니, 사진 찍을 거야? 말 거야?"

침묵.

후덥지근한 바람이 분다, 비릿한 물비린내. 무대를 서둘러 정리하는 남은 비보이들. 공기는 *끈끈하고* 살갗에선 땀이 솟아 몸이 *끈적끈적하다.*

"언니, 로또는 살 거지?"

손바닥으로 언니의 눈을 가렸다. 언니는 고개를 돌려 보조개가 살짝 들어갈 만큼만 미소를 지었다.

"사야지."

우리는 두리번거리며 로또판매점을 찾아보았다. 이곳으로 이사 온 지 사흘밖에 안 됐기 때문이다. 그렇다고 이곳이 낯선 곳은 아니다. 할머니가 돌아가시자 아파트가 싫다며 할아버지는 이곳 빈집에서 혼자 사셨다. 그래서 몇 번 와봤다. 할아버지의 친구가 사놓은 오래된 집. 하지만 우리까지 이사하게 되리라곤 꿈에도 생각 못했다. 아무리 한 치 앞을 알 수 없는 게 인생이라지만…… 이리 살게 되리라곤 정말 몰랐다. 그래서 우리에겐 돈이 필요하다. 로또에 당첨되는 행운이 일어나야 예전의 삶이 가능할 것이다. 아까 로또판매점을 보고 그런 행운을 바라면서 난생처음 로또를 사기로 했다. 아까 그 비보이가 편의점에서 나왔다. 눈을 뗄 수가 없다.

"살 빼고 싶은데."

"저절로 빠질 거야. 살아가려면……."

언니가 걱정이 가득한 엄마와 똑같은 표정을 지었다.

버스정류장 근처에서 로또판매점을 찾았다. 하지만 우리는 안으로 들어가지 못하고 유리에 붙은 광고만 바라보았다. '두 달 만에 또 2등 된 곳! 로또 2등 당첨 1위인 바로 그곳! 실제 당첨자 확인.' 요란한 색깔의 글자들이 눈에 들어왔다. 일등하면 몇 십억이라고 들었는데, 2등에 당첨되면 우리 집 빚을 다 갚을 수 있을까. 광고에 빠진 내가 멍해 보였는지 언니가 물끄러미 쳐다보았다. 언니를 툭 밀쳤다. 언니가 내키지 않는 걸음으로 로또판매점으로 들어갔다. 나도 쏠려 갔다. 그런 우리를 보고 계산대의 여자가 말했다.

"로또 사려고?"

"아, 아니, 생수 사려고요."

언니는 습관처럼 머리를 흔들며 생수 있는 곳으로 갔다. 생수를 사면 로또 살 돈이 부족할 텐데.

"로또 사러 온 줄 알았네. 미성년자에게는 안 팔지만."

"네?"

"광고를 읽는 사람은 거의 로또를 찾거든."

언니의 엉뚱한 행동에 당황하던 참이라 여자의 말에 대꾸할 수 없었다. 로또보다 갈증이 급한가 봐, 생각할 수밖에. 목이 마르긴 말랐던 모양이었다. 언니는 생수를 마시면서 로또 광고를 다시 훑었다. 1등 당첨은 아니지만 당첨된 사람들이 꽤 적혀 있었다. 로또 당첨이 뻥은 아닌 모양이었다. 당첨이 잘되는 가게에서 사면 진짜 당첨될까. 당첨된 사람들은 로또복권 사는 데 돈을 얼마나 썼을까. 어느새 내게 있는 돈을 계산하고 있었다. 이 지역에서의 사흘 동안 멋진 비보이를 보게 된 것과 당첨이 잘되는 로또판매점을 발견한 게 우연 같지가 않다. 무슨 뚱딴지같은 생각인가 하면서도 순간, 좋은 예감이 든 것이다.

집으로 걸으면서 난 벌써 로또에 당첨되어 있었다.

'2등에 당첨되어도 급한 빚은 갚을 수 있을 거야. 아니, 아빠가 어디 계신지만 알아도 이렇게 답답하지는 않을 텐데……
인생 역전이라는 로또에 꼭 당첨되고 싶다!'

아빠는 인근 도시에서 중소기업을 하는 사업가였다. 환경보
호운동 바람이 불자 몇몇 사람들과 어울려 쓰레기 압축 기계
만드는 사업에 뛰어들었다. 그 사업이 복잡하게 얽힌 지분과
배신, 횡령 때문에 빚더미에 앉게 된 것이다. 빚쟁이들이 한꺼
번에 집에 들이닥친, 그 다음 날에 아빠는 횡령한 사람을 찾아
나선다는 메모를 남긴 채 사라져버렸다. 그 메모를 마지막으로
연락이 끊겼다. 그날부터 우리 가족은 코너에 내몰렸다. 그 순
간부터 내 머릿속에 맴도는 것은 오직 한 가지다.

'지금 분명 꿈꾸고 있는 거야!'

길가에 이름 모를 풀꽃이 햇살을 받아 반짝이고 있다. 풀꽃
을 좋아해서 보기만 해도 기분이 좋아지곤 했는데 오늘은 왠
지 비현실적으로 느껴진다. 지금이 꿈속이라는 확신만 더해 온
다. 팔을 꼬집어본다. 아프다. 이 거리도, 이곳까지 이사 온 것
도 사실이다. 이를…… 어찌해야 할까. 흐느적흐느적 걸어 집
이 있는 용담리 쪽으로 접어들 때였다.

"너, 걔 맞지? 서울 애. 할아버지 집으로 이사 왔다고 울 엄
마가 말했어."

또래 여자애가 어깨를 치며 말했다. 누군지 생각나지 않아 멍
하니 쳐다보았다. 여자애가 김빠진다는 표정으로 입을 열었다.

"할아버지 헌 집 때문에 우리 부동산중개소에 왔었잖아? 그치?"

나는 그제야 고개를 끄덕였다.

"사람을 잘못 본 줄 알았잖아. 나 알지? 부동산중개소에서 너네 엄마가 친구하라고 막 부탁했잖아."

비로소 서로 인사했던 게 생각났다. 도희였다. 도희는 오래전부터 알던 사이처럼 덧붙였다.

"서울 아니라고 정신 놓으면 안 돼. 넋 놓으면 귀신이 강으로 끌고 간다는 곳이야. 혹시, 언니? 안녕하세요. 심심할 때 우리 사무실로 꼭 놀러 와."

도희는 혼자 떠들다가 바삐 걸음을 옮겼다. 몸을 돌린 사람이 멀어지는 것은 한순간이다. 도희가 우리가 왔던 길로 걸어가자 그곳은 다시 낯선 곳이 되었다. 하지만 어깨를 움츠리고 걷던 나는 뜻밖의 만남에 조금 힘을 얻었다. 이 낯선 곳에서 붙잡을 수 있는 지푸라기가 생긴 것이다.

그랬는데도 오늘도 밤새 꿈속을 헤매다가 눈을 떴다. 도망치듯 온 이사, 정리 안 된 이삿짐 때문에 무얼 해야 할지 막막하다. 거실로 나왔다. 부엌 겸 거실로 쓰고 있는 집 안은 엉망진창이다. 여기저기에 살림살이가 흐트러져 있고 그릇들이 볼썽사납게 쌓여 있었다. 문득 어제 갔던 공원 건너편의 강가 산책로가 떠올랐다. 아빠한테서 넘겨받은 수동 카메라를 목에 걸었다.

집을 나섰다. 길은 푸른빛과 옅은 안개가 섞여 은은한 빛으로 아득하다. 산책로는 강가를 따라 자연스럽게 이어져 있다. 동이 트는 시간, 하루가 새로 태어나느라 산고를 치르는 시간이다. 새벽과 아침 사이의 시간에는 빛의 양과 질과 색이 신비하고 변화가 빠르다. 그것이 마음을 흔든다. 외로운 사람의 눈가에 물기가 스민다는 시간. 곁에 없는 누군가에게 수많은 얘기를 속삭이는 시간이라고 어느 책에서 읽었던가. 나는 밀려드는 슬픔으로부터 나를 방어하기 위해 다가오는 풍경에게 필사적으로 말을 걸었다.

'안개 낀 강가는 꼭 꿈속 같아요. 꿈속을 걷듯 강가를 걷는데 왜 이렇게 내가 죽은 사람인 것만 같을까요…… 할아버지 왈, 부조리한 세계를 벗어날 수 있는 유일한 방법이 자살이라고 주장한 쇼펜하우어조차 살면서 고통을 피하기 위한 자살은 저급한 짓이고, 괴로웠던 순간이 가장 아름다운 추억이 된다는 명언을 남겼다는데 정말 그럴까요?'

산책로를 계속 걷자 남한강과 북한강의 두 물줄기가 만난다는 곳에 이르렀다. 이사 오면서 검색해봤던 곳, 북한강 물과 남한강 물이 만난다는 두물머리. 옅은 안개 속에서 팔을 벌리고 있는 느티나무를 향해 카메라의 초점을 맞췄다. 아름드리 커다란 몸체, 굵은 가지 위에 잔가지들, 무성한 이파리들이 너울거리며 푸른빛을 내뿜으며 내 몸을 감싸는 것 같았다. 하지만 큰 덩치의 아빠 같다는 생각이 들자 느티나무를 찍을 수가 없다. 느티나무 아래의 벤치에 앉고 만다. 아빠는 어디에 계신 걸까? 이곳에서 어떻게 살아가고 학교는 다닐 수 있을까? 이곳까지 떠밀려온 게 비로소 사실로 다가왔다.

이곳 두물머리가 죽기에 무척 매력적인 곳이라는 생각이 들었다. 죽어서 어떻게 할지는 모르겠다. 하지만 고달픈 지금보다 시원할 거라는 생각이었다. 그때 생각은 정말 아니었는데, 눈물이 핑 돌았다. 얼른 무릎에 얼굴을 파묻었다. 입을 앙다물었는데도 흐느낌이 밖으로 삐져나와서 흐윽흐윽 울었다.

"저, 저기 괜찮아요?"

누군가 물었다. 깜짝 놀라 고개를 들었다. 카메라를 든 남자가 걱정스런 눈빛으로 내려다보고 있었다. 올려다보는 내 눈과 내려다보는 그의 눈이 마주친 순간, 시간과 풍경이 일시정지 상태에 머물렀다. 처음 봤는데 어딘지 낯익은 남자다.

'누구지? 어디서 봤을까?'

계속 올려다보았다. 내 눈길 때문인지, 내 얼굴의 눈물자국 때문인지 그도 나를 바라봤다. 두 사람의 눈길이 마주쳤다는 건 일종의 시간의 정지 상태라는 걸, 그 순간 깨달았다. 그러다 눈물범벅일 얼굴이 부끄러워서 고개를 숙였다. 남자는 카메라를 만지작거리는 것 같았다.

"날 바라보는 모습이 예뻤어요. 꼬마 아가씨, 얼굴을 들어봐. 음, 음, 고개를 들어요~ 그리고 날 봐요~ 눈물을 닦아요~."

오잉? 갑자기 웬 노래? 번쩍 고개를 들었다.

찰칵! 찰칵! 찰칵!

카메라를 연속으로 눌러댔다. 나는 셔터를 눌러대는 그 사람을 관찰했다. 큰 키에 하얀 피부, 오뚝한 콧날, 균형 잡힌 몸이 지적으로 보였다. 갈색으로 염색한 머리는 약간 긴 듯하고, 움직일 때마다 목걸이가 흔들렸다. 멋지다!

쿡쿡, 바람이 새듯 웃음이 삐져나왔다. 하지만 나를 클로즈 업하느라 초점 맞추는 그를 보고는 얼른 고개를 돌렸다. 사람들은 나를 잘 까부는 통감자라고 한다. 하지만 난 남들에게 구질구질하게 보이는 게 싫어서 웃어넘길 때가 많았다. 그런 쓸데없는 생각을 하는데, 그 사람이 사진 찍는 걸 멈추고 카메라를 매만졌다.

"아, 아깝다. 모나리자의 미소였는데. 한 번만 더 웃어줄 수 없을까? 제발 웃어줘……."

그가 카메라에서 눈을 떼지 않은 채 다가오자 내 카메라를 들고 벤치에서 일어났다.

"아쉽다. 작품 하나 건질 수 있었는데, 미소가 죽여줬다고. 다시 웃어주면 안 돼?"

"……."

"싫어? 카메라 기종을 보니 이해할 것 같은데. 괜찮은 작품 하나 건지고 싶은 맘. 근데 왜 슬픈 얼굴을…… 아, 미안."

미안한 표정으로 미소를 지었다. 그 미소가 멋져서 몸이 따뜻해지는 느낌이었다. 마치 가슴이 따뜻한 사람을 처음 만난 것처럼 그 사람의 따뜻함이 좋았다. 하지만 울다 들킨 게 부끄러웠다. 눈물로 얼룩진 얼굴 때문에 눈을 내리깔았다. 들떴던 마음도 조금 가라앉았다.

"알겠어, 대신 아까 찍은 건 내 꺼 해도 되지? 초상권 침해라 않기다. 모델료는 언젠가 다시 만나면 맛난 것으로 갚을게."

그 사람이 내 기분을 눈치챘는지 어땠는지는 모르겠다. 그는 카메라를 만지면서 사진에 대해 얘기하였다. 처음에는 나를 걱정하는 어른이라고만 생각했다. 그다음엔 아빠처럼 나이를 많이 먹지 않은 걸 감사했다. 그때 막 시작된 일출로 우리 주위는 황금빛으로 물들고 있었다. 나를 바라보는 그의 속눈썹 끝에 빛이 걸렸고, 두 눈은 맑게 빛났다. 그 순간 그에게 빠져드는 나를 느꼈다. 너무도 아름다운 청년이었다. 그는 어떤 손길도 건네지 않았지만, 나를 부드럽게 어루만지는 공기의 흐름은 감지할 수 있었다. 천진한 장난꾸러기 같은 면과 자상한 말로 나를 압도하고 있었다. 그런 황금빛 분위기에 매혹당하여 헤매고 있을 때, 그가 화제를 바꿨다.

"고등학생?"

나는 그 사람의 손가락에서 시선을 떼며 고개를 끄덕였다.

"좋을 때네. 2학년?"

"1학년이에요."

"꽃띠네. 막 꽃필 때가 힘들지."

장난 아니게 힘들어요. 요즘……. 그 말을 삼켰다. 내 마음을 덮고 있는 불안과 공포와 당혹감이 흰 손가락에 전해질 것 같아서.

"여긴 자주 오니?"

"…… 비가 오지 않는 한."

"그럼 당분간 날씨가 안녕하면 좋겠다."

말하고는 황포돛단배가 있는 곳으로 걸음을 옮겼다. 강에서 건들거리고 있는 배를 바라보는 모습이 꽤 진지해 보였다. 사진작가인가. 대학생 같으니까 전문 사진작가는 아닐 거야. 하긴 뭐, 혼자서 북 치고 장구 치는 것 보니 제법 사진을 찍는 사람 같기는 했다.

"꼬마 아가씨, 잘 가. 울지 말고 밥 많이 먹고 힘내!"

아, 쪽팔려. 그가 인사를 던졌지만 운 게 쑥스러웠다. 뭔가 멋진 인사말을 해야 한다고 나 자신을 타이른다. 하지만 결국 그러지 못했다. 일상의 인사말로 저 남자에 대한 좋은 느낌을 낭비하고 싶지 않았다. 잠자리에 누웠는데도 계속 두물머리의 일이 떠올랐다. 하루에도 얼마나 많은 감정이 들락날락하는지 놀라울 뿐이고 그런 기분으로 누워 있어서 행복했다.

◆ ◆ ◆

"언니?"

".......'

"에이, 안 자는 것 알아. 누가 계속 생각난 적 있어? 남자 말이야.
남자."

"뭘 원하는데."

"물 한 잔만. 목말라. 목숨 좀 살려줘."

"내가 더 어른인 거 몰라."

"치사해서 침을 모아 삼키는 게 낫겠다."

"그거 좋겠네. 입에서 샘솟는 옹달샘물 나도 좀 줘."

"우웩! 언니라고 안 부를 거야. 날씨가 당분간 안녕하면 좋겠다,
그랬어. 그 사람 좋은 사람 같지? 그런 사람 처음이야. 물론 잘 모르
겠어, 이런 기분이 뭔지. 하지만 이런 최악의 불행 속에서도 행복해.
사랑일까?"

"물불을 안 가리는 동생님……. 사랑? 행복하다고? 할아버지 왈,
인간의 행복과 불행은 감각의 만족에 달린 것이 아니다! 인식에 의존
하는 것이기에 일시적인 만족에 그친다고 하셨어. 너 겨우 고1이야, 주
제 파악 좀 하셔."

"어쩌라고!"

언니의 심드렁함에도 나는 묘하게 흥분되어 있었다. 사랑이란 이런 것일지도 모른다. 그 사람을 흉내 내듯 베개를 만져보았다. 그를 떠올리는 것만으로도 가슴이 두근거렸다. 잠도 오지 않았다. 언니가 뭘 걱정하는지, 지금 최악의 상황에 있다는 것도 알지만, 그 사람은 절망의 구덩이에 떨어져 있는 내게 구원의 눈부신 빛을 비춰 주었다. 그 사람의 웃는 얼굴이 떠오르는 것만으로도 살맛이 났다. 하지만 언니 말대로 한심한 건 사실이다. 이름도 모르고 두 번 다시 못 만날지도 모르는 사람이 좋다고 행복해하다니.

◇

2

평일 오후 세 시가 지난 시각.

두물머리는 인적이 드물다. 햇살이 트릿하다. 공기는 느즈
러져 있다. 왠지 나른해지고 몽롱해져서 잔디밭 나무 그늘에
앉았다. 내 발치로 토실토실 살이 오른 얼룩고양이가 다가온
다. 나를 태평스럽게 올려다본다. 야생고양이치고는 품격이 있
다. 고양이가 사뿐하게 울자 나는 쪼그리고 앉아 고양이를 어
루만진다. 어느 결에 언니도 엉거주춤한 자세로 고양이를 만지
려고 한다. 그런 언니 뒤로 그가 다가와 빙그레 웃는다.

투샷, 플러스, 얼룩고양이.

행복한 구도.

꼭 가족 같다.

문득 그가 아빠 역할을 해주는 것 같은 착각에 빠진다. 눈이

따뜻하다. 귀여운, 하며 얼룩고양이를 바라보고, 더 귀여운 걸, 하며 나를 본다. 예쁜 언니를 쳐다보는 게 아니고 나를 보고 있다. 피가 뺨으로 몰렸다. 동시에 가슴 안에서 무언가 '쿵' 소리를 내며 무너졌다. 그걸 들킬 것 같아서 고개를 숙였다. 그 모습에 그가 호탕하게 웃었다.

"날 좀 쳐다봐."

고개를 들자 바로 눈앞에서 카메라를 잡고 극단적인 클로즈업으로 셔터. 반사적으로 목을 움츠렸다.

"왜 그렇게 나를 찍어요?"

"모나리자의 미소를 찾는지도……."

"모나리자의 미소? 어떤 얼굴인데요?"

클로즈업 당한 나는 나도 모르게 소프라노가 되었다.

"그건, 울음을 녹인 미소라고 할까? 나도 잘 모르지만, 카메라는 알겠지."

그가 나만 클로즈업해선지, 언니는 삐진 듯이 혼자서 강가를 거닐고 있다. 조용하지만, 살아 움직이는 것들이 평화롭게 다가온다. 멀리 외롭게 떠 있는 작은 섬 하나. 두물머리의 부드러운 잔물결, 황포돛배, 물오리들, 아름다움을 더하고 있는 큼지막한 느티나무. 사물은 변하지 않는 것 같아도 강물처럼 변화하며 흐른다. 그렇다면야 나도 우리 집 사정이 바뀐 걸 인정하고 받아들여야겠지. 그래, 아빠가 아니고 그다. 그가 말없이 곁에 앉는다. 언니가 아닌 내 곁에 앉았다. 앉으면서 슬그머니 내 어깨에 팔을 둘렀다. 그의 따뜻함이 포근해서 모든 근심 걱정이 사라진 듯했다.

"왜 그렇게 아빠를 찾아? 내가 곁에 있는데도 슬픈 얼굴을 하고?"

그가 속삭였다. 마치 연인들처럼 앉아서 강을 바라보며 밀어를 속삭인다고 생각하는 순간, 그가 손을 가만히 잡았다. 부드러운 손길이다. 맘이 놓여서 그의 어깨에 머리를 기댔다. 그에게서 따스하고 알싸한 향기가 났다. 내가 마치 영화 속 주인공이 된 것처럼 황홀하였다.

"꼭 영화장면 속에 들어와 있는 것 같아요."

"그렇지?……. 그래, 내게 의지해."

그의 뜨거운 열기가 느껴졌다. 기분이 젤리처럼 말랑말랑해지더니 어질어질하다.

"어, 어, 기분이 이상해요."

"괜찮아. 행복해서 그러는 거야."

하얀 얼굴에 도드라진 입술이 내 입술 가까이에 있었다. 첫 키스! 갑자기 머릿속에 새하얀 구름이 뭉클뭉클 솟아올랐다. 눈을 꼭 감았다. 내 입술에 그의 입술이 닿았다. 몸이 녹아내리는 것 같다. 누가 몸을 붙잡아주었으면 좋겠다. 아니, 이대로 녹아버리고 싶다. 생크림처럼 부드러우면서도 달콤한 키스였다. 참을 수 없는 갈증으로 몇 잔이고 물을 마시고 싶은 느낌이었다.

"둘만 있고 싶어."

자제하고 싶지 않은 사람은 바로 나였다. 그를 느끼는 것, 나를 향해오는 그에게 모든 짐을 내맡겨버리고 싶은 것, 그게 내가 바라는 거였다. 내 맘이 전달된 듯 그가 일어나 손을 잡아 끌었다. 미니 카페 옆에 있는 작은 창고로 데려갔다.

"괜찮지?"

난 괜찮지 않았다. 두려웠다. 첫 키스만으로 충만했고, 내 유일한 관심은 그의 따스한 손길이었다. 그가 바짝 다가왔다.

"괜찮아, 힘들 땐 사랑의 힘으로 견디는 거야."

그의 들뜬 목소리가 강하게 나를 내몰아갈 때였다. "어지원!" 하는 소리가 들렸다. 언니였다. 내가 여기에 있는 줄 어떻게 알았을까?

"지원아, 아무리 힘들어도 아름답게 견디기로 했잖아! 인생 깔끔하게 살자, 잊었니?"

언니가 창고 문을 막 두드렸다. 그때, 울고 있는 엄마 모습도 떠올랐다. 정신이 번쩍 들었다.

"지원아, 언니야……, 내가 도와줄게, 정신 차려!"

문을 어떻게 열었는지 언니가 우리에게 달려들었다. 언니가 그를 확 밀쳤다. 그가 옆으로 나동그라졌다.

"누구든 내 동생을 건드리면 죽여버릴 거야!"

언니가 후려칠 기세로 그를 노려보았다. 그런 언니 때문인지 그가 움츠러들었다. 언니의 커다란 눈에 노기와 함께 슬픔이 떠올랐다. 그 눈빛에 가슴이 착 가라앉았다.

"근데, 누구세요?"

정말 궁금했다. 확인하려고 눈을 크게 떴다. 꿈이었다.

누군지도 잘 모르는 사람이 꿈에 나타나다니…… 혹시 사진을 찍으러 두물머리에 온 건 아닐까? 꿈을 꿀 만큼이나 그가 생각나는 이유는 뭘까? 몸이 불속에 던져졌다 나온 것처럼 헛헛했다. 낮잠을 자다 일어나선지, 익숙해지지 않는 집안 구조 탓인지 기분이 허해서 견딜 수가 없다. 반바지에 카메라 가방을 메고 슬리퍼를 끌고 집을 나섰다. 치워도 형편없는 집 안 때문에 엄마가 청소를 해대는 게 지겹기도 했지만, 거기서 끝이 아니었다. 언니가 음악을 크게 틀어놓고 노래까지 따라 부르는 바람에 머릿속이 시끄러웠다. 원래는 내가 늘 하던 짓거리를 언니가 저러고 있다. 내가 언니처럼 말이 없어진 것 같고.

부동산중개소는 닫혀 있었다. 부동산중개소로 놀러 오라던 도회의 말이 생각나 두물머리로 가던 발길을 바꾼 거였다. 아무도 없는 것 같은데 그냥, 돌아갈까? 돌아서려는데 등 뒤에서 발랄한 목소리가 들렸다.

"생각보다 빨리 놀러 왔네?"

스포츠 모자에 트레이닝복을 입은 도희였다. 긴 속눈썹 아래로 나를 신기한 듯 쏘아보는 눈이 까맣고 맑으면서도 성질깨나 있어 보였다.

"놀러 온 거지?"

"응. 두물머리에 가려다가……."

"마침 잘 왔어. 친구한테 놀러 간다고 했거든. 가방은 뭐야? 카메라 가방 같은데, 사진 찍는 게 취미야?"

"그냥 좀……."

"우와, 멋진데? 찬진이네 사촌 형도 사진 찍는 사람인데."

도희의 말에 문득, 그가 생각났다. 혹시 그일까? 안쓰러운 눈빛으로 날 바라보던 그의 눈에 배어 있던 따뜻한 기운이 번져오는 것 같다. 나도 내가 왜 이런지 모르겠다. 한번 스치듯 만난 사람인데, 만나서 뭘 어쩌려는 작정이 있는 것도 아닌데, 그냥, 만나고 싶다!

"어쩌면 찬진이 사촌 형도 만날 수 있을 거야. 근처 도시에 사는데, 찬진이네 집에 자주 오거든. 간혹 삐뽀삐뽀 병원차에 실려가지만, 멋있어."

도희는 앉으라면서 일회용 커피를 탔다. 운동을 좋아해서 체대에 입학할 거라며 체육관에 다닌다고 했다. 나는 도희의 쭉 뻗은 다리를 흘끗 보았다. 체대생들은 우락부락 근육질이 많은데, 도희가 운동을 많이 했을 거라고는 생각하지 못했다.

"너, 남친 있어?"

"없어."

"내가 소개해줘? 근데 공부는 잘해?"

"그냥 좀."

내가 공부를 잘하는 것과 남친을 소개하는 것이 무슨 상관 인가 싶었지만 잠자코 있었다. 얼떨결에 부동산중개소까지 오 게 된 내 마음을 나도 모를 터였다.

"어쨌든 이 바닥에서 살려면 여친이든 남친이든 알아둬야 할 거야."

나는 소리 없이 웃었다. 도희는 그럴 줄 알았다는 듯이 커피 를 마시고는 누군가에게 계속 문자를 날렸다.

"이곳에선 친구가 엄청 중요해. 끼리끼리 뭉쳐서 외지에서 들어온 사람은 잘 안 끼어줘. 이런 외곽일수록, 서열이라는 것 을 따지거든. 더러운 세상이지. 그래도 넌 복 받은 거야. 날 만 났으니까. 나랑 친한 애들 다 소개해줄게."

나는 커피 두 잔을 순식간에 마셔버린 상대가 정녕 고등학 생인지, 아니면 부동산 사무실에 앉아서 웃기도 잘 웃던 도희 의 엄마인지 혼란스러웠다. 내가 아무런 대꾸를 않자 도희가 화제를 돌렸다.

"카메라나 잘 챙겨. 나 예쁘게 찍어주려면."

도희를 따르는 길은 내가 걸었던 산책로와 다른 길이었다. 차를 타고 두물머리로 가는 큰 길이었다. 두물머리에는 꽤 많은 사람들이 강을 구경하거나 사진을 찍고 있었다. 도희는 가방에서 무언가를 꺼냈다. 이단으로 된 양산에는 슈퍼모델의 얼굴이 커다랗게 담겨 있었다. 도희는 모델이라도 된 양 양산을 펼치고는 워킹을 선보였다.

"양산 쓰고 사진 찍으려면 저쪽이 낫겠는데?"

"예쁘게만 찍어줘. 저쪽으로 전진."

도희는 느티나무 앞의 황포돛단배가 떠 있는 곳으로 갔다. 돛단배 앞에는 사진을 찍을 사람과 카메라를 든 사람들이 차례를 기다리고 있었다.

"오래 걸리겠다. 그냥 저 집 잔디밭에서 찍자. 저기 보이지?"

도희가 가리킨 곳은 별장 같은 전원주택, 나무울타리 틈이었다. 도희는 벌써 양산을 빙빙 돌리며 걸음을 옮기고 있었다. 울타리 틈새로 들어갈 모양이었다.

"위쪽만 잘 처리하면 들어갈 수 있어. 올라가봐."

"너는 어쩌려고?"

"알아서 갈 테니까, 먼저 가."

나는 얼떨결에 나무울타리 아래의 돌계단을 밟았다. 돌계단을 짚고 올라서자 나무울타리의 틈이 만만치 않았다. 후들거리는 다리를 뻗고 나뭇가지를 옆으로 젖혔다. 잡지책에서 본 듯한 아름다운 정원이 펼쳐져 있었다. 남의 집에 함부로 들어가도 될까? 뒤돌아보았다. 도희가 보이지 않았다. 별수 없이 정원으로 들어섰다. 나무 아래에 고양이가 앉아 있었다. 꿈에서 본 풍경이 펼쳐진 듯했다. 신기했다. 이런 멋진 풍경에 고양이까지 있다니, 운이 좋았다. 고양이가 하품하는 것을 보자 나도 모르게 감탄이 비어져 나왔다. 재빨리 카메라를 작동시키려는 순간, 카메라의 지잉 소리와 함께 누군가 소리쳤다.

"거기, 누구세요?"

고등학생으로 보이는 남자애가 다가왔다. 카메라를 보고는 고개를 갸웃거렸다.

"허락 없이 사진 찍으면 안 되죠. 혹시 찬혁이 형이 오라고 했어요?"

도희가 들어가랬다는 말을 해야 했지만 엉뚱한 변명이라고 말할 게 뻔했다. 식은땀이 배어나왔다. 울타리까지 열 걸음이면 되겠어서 재빨리 돌아섰다.

"잠깐만!"

별장 뒤쪽에서 키 큰 사람이 걸어 나왔다. 하늘하늘한 햇빛을 온몸으로 받으며 다가오고 있었다. 햇살에 눈이 부셔 모습이 분명하지는 않지만 분명 어디선가 본 사람이었다.

"어?"

어쩐지 일이 술술 풀린다 했다. 저 남자와 꿈속에서 했던 행위를 생각하니 얼굴이 화끈거렸다. 눈을 감고 제발 이 순간이 악몽의 한 장면이기를, 부질없는 기대를 걸었다. 그러나 눈을 떴을 때는 남자의 모습이 더 가까워져 있었다. 왜 이런 데서. 하필 왜. 두물머리에서 울던 나를 카메라에 담은 그였다.

"내가 시력 하나는 끝내준단 말이야. 그 울보 아가씨군. 찬진아, 여자 친구?"

"아닌데."

"아니라고? 여길 어떻게 들어왔지? 대문도 잠겨 있는데, 그럼?"

그의 입에서 "대낮에 도둑?" 하는 소리가 새어나왔다. 나도 모르게 입이 벌어졌다. 특별히 눈에 띄는 일 없이 살아온 17년 동안 도둑이라는 말을 들은 건 처음이었다.

"도둑이라고요?"

내가 곤란해하는 것을 꽤나 재미있어하는 눈치다. 그 눈빛을 마주 보는 것만으로도 몸이 떨려왔다. 연예인이라 해도 믿을 정도의 몸과 누가 봐도 좋을 인상의 소유자라고 말할 외모다. 그런데 나를 알아봤으면서도 도둑이라고 말하는 저 심보라니. 도둑은 누가 도둑이란 말인가! 왠지 그냥 나가기가 싫었다. 본래의 내 성질이 살아나려했다. 크게 숨을 들이마시고 입을 열었다.

"그, 그러니까요."

남자가 혼잣말 하듯 "그래, 뭐?" 하며 호기심 어린 눈길로 바라보았다. 그 눈을 마주치지 못하고 얼른 눈을 내리깔았다.

"아저씨 이름이…… 찬혁이에요?"

도둑이라고 불린 상황을 따지려던 생각과 달리 입에서 엉뚱한 말이 튀어나왔다.

"찬혁이 형이야. 난, 박찬진이고."

그가 막 "난 아저씨가 아니……"라고 말하는데, 남자애가 한 발짝 나서서 대답해준 것이다. 물어보지도 않은 자기 이름까지 말하고 씽긋 웃었다.

나는 손에 든 카메라를 내려다보았다. 카메라 줄이 땀으로 축축했다. 느티나무 아래서 다시 만나기를 바랐던 그를 마주하고 있지만, 빤히 쳐다보는 그와 눈도 제대로 마주치지 못하지만, 이만하면 소원하던 게 이루어진 것이다. 적어도 그도 나를 기억하고 있지 않은가. 그때 도희가 내 이름을 부르며 성큼성큼 다가왔다.

"찬진이한테 대문 열라는 메시지 날리면서 대문으로 갔는데, 답이 안 와서 할 수 없이 개구멍으로 들어왔어. 마침, 찬혁 오빠도 있네."

그에게 다가가 알은체하더니 나를 향해 손짓했다.

"지원아, 찬혁 오빠야. 사진 졸라 잘 찍어. 앤 찬진이, 소개시켜준다고 했던 친구야. 학교에서 친구될 거니까 인사해."

도희가 소개하자, 하하하 뭐가 즐거운지 멈추지 않고 웃던 그가 진지한 얼굴로 날 바라보았다.

"안녕, 도희가 문자로 날린 친구인지 몰랐어."

찬진은 옷매무새를 고쳐가며 인사했다. 아냐, 남의 집에 함부로 들어와 미안해, 하고 말하려는데 언제 다가왔는지 고양이가 다리를 긁었다. 내가 그리던 그 눈빛, 그의 따뜻한 눈빛도 거침없이 나를 향해왔다. 얼굴이 화끈 달아올라서 얼른 고양이를 붙잡았다.

"인연이 이렇게 엮인 거야? 반갑다, 사진 얘기할 사람이 없어서 강물로 뛰어들고 싶었는데."

나는 쑥스러워 대답 대신 카메라를 쳐들어보았다.

그는 야구 모자를 벗더니 한 손을 머리카락 사이에 꽂았다. 역광의 햇살에 눈부신 그의 갈색 머리카락과 행동이 영화의 한 장면처럼 환상적이었다. 하지만 지나치게 하얀 얼굴 때문인지, 기다란 손가락 때문인지 어딘가 아픈 역할을 하는 배우 같았다. 그가 무슨 말인가를 건네려 할 때 도희가 친구가 된 기념으로 두물머리의 미니 카페에서 시원한 걸 마시자고 했다. 나는 고양이를 몇 컷 찍었다. 그리고 미니 카페로 나왔다. 접시 한가득 팝콘이 눈앞에 놓였다. 찬혁은 누군가 말을 할 때마다 시원스레 잘 웃었다. 그 웃음소리가 기분을 좋게 했다. 내 캔커피에 캔맥주를 부딪고는 맥주를 마셨다. 행동 하나하나가 자연스럽고 부드러웠다.

"도희는 혼자 똑똑한 척은 다 하는데 은근 단순해. 일단 저질러놓고 배 째라는 식이야. 그러니까 앞으로 그걸 예상하고 움직여라."

"뭐어? 오빠! 벌써 나를 배신하고 지원이 편드는 거야?"

도희가 찬혁을 한 대 칠 듯 주먹을 올렸다. 진짜 때리기라도 한 것처럼 찬혁이 피하며 하핫, 크게 웃었다. 나도 웃었다. 소리 내어 웃어본 것이 오랜만이었다. 그때 이상한 충동이 일었다. 부드러워 보이는 그의 손을 만져보고 싶었다. 입술을 훔치고도 싶었다. 그것은 보통 생애 처음으로 느끼는 연정 혹은 '첫사랑'이라는 단어로 불리고 있을 것이다. 착하게 생긴 찬진과 활달한 도희랑 학교에 다니면 심심할 틈이 없을 것 같았다. 찬혁이 캔맥주를 비우고 카메라를 들 때였다. 내 휴대폰이 떨었다.

- 그들이 우릴 찾았나 봐. 엄마는 일자리 구하러 갔어.

  혼자 있기 싫어, 빨리 와.

한순간에 현실을 잊고 행복해하고 있었다. 내가 기억하고 있는 최악의 날들. 끔찍하고 엿 같았던 사채업자들! 잠시 잊고 있었는데 갑자기, 쳐들어와 날 무너뜨리려 했다. 간신히 진정하자 언니에게 화가 났다. 바보같이 친구에게 이사 온 곳을 밝

히다니. 아니, 아니었다. 나도 친구에게 문자를 날릴 뻔하지 않았던가. 아니다. 우리가 아무리 꼭꼭 숨어도 결국 찾고 말 것이었다. 그래도 방학 동안에는 괜찮을 거로 생각했는데……. 핸드폰을 해지해야 한다는 엄마 말을 안 듣고 고집부린 게 미안했다. 머릿속이 헝클어졌다.

"어지원, 갑자기 왜 그래? 안 좋은 일이야?"

도희가 나를 살폈다. 하지만 아무런 말도 할 수 없었다. 힘이 쫙 빠져서 간신히 일어났다. 시원한 카페에서 음료를 마시는 사람들, 웃음소리, 모든 게 비현실적이었다. 어떻게 저렇게 활기찰 수 있을까. 아, 정말 모르겠다. 집으로 빨리 돌아가는 수밖에는. 찬혁과 찬진에게 고개로만 인사하고 뒤돌아섰다. 내 표정이 안 좋아선지 두 사람은 쳐다만 봤다. 도희가 따라 나섰다. 이제는 친구라며 제 전화번호와 찬혁, 찬진 것까지 날려주었다.

아직까지 그들은 오지 않았다. 모두가 한마디도 하지 않은 채 저녁을 먹었다. 엄마는 일찌감치 잠자리에 들었다. 할아버지는 기척도 않고 책을 읽고 계신다. 나는 언니와 침대에 누워 이야기를 나눈다.

◆ ◆ ◆

"언니, 자?"

"응……."

"에이, 자는데 어떻게 대답해? 이곳 친구들을 사귀었어. 맘에 들어. 그들이 우릴 찾지 못하면 좋겠고, 언니는 고3이니까 공부했으면 좋겠어."

"……."

"언제쯤 찾아올까? 방학 동안만이라도 안 오면 좋겠는데."

"될 일을 바라라."

"언니, 왜 로또 안 사고 물을 사버렸어?"

"진짜 당첨될 것 같아서 목이 타 죽을 것 같았어."

"개애뿔……."

"당장 살아남는 게 더 급하잖아. 할아버지 왈, 인간의 고통이 삶의 일부라는 사실을 깨달아야 한다. 태어난 순간부터 생로병사를 피할 도리는 없지만 이런 진리를 깨달으면 조금은 여유롭다고 하셨어. 생각 안 나? 그래서 물을 살 수 있었어. 생로병사를 인정해준 거지."

"언니는 진짜 왕재수야."

"알아."

"그를 다시 만났어, 행복해."

"……."

◇

3

새벽녘, 웬 소리에 눈을 떴다. 엄마가 화장실에서 웩웩 토하고 있었다. 변기를 부둥켜안았는데 그 속으로 고개가 빠져들고 있었다. 고개를 들어 올리니 입가에 토사물이 묻어 있었다. 나는 냉큼 휴지를 뜯어 토사물을 닦아냈다. 시큰한 토사물 냄새는 지독했다.

"지혜 아빠? 지혜 아빠지?"

엄마가 고개를 휙 젓더니 팔을 뻗어 나를 앉혔다. 두 손을 내 어깨에 올려놓고 소리죽여 흑흑 흐느꼈다.

"지혜 아빠, 지혜 아빠. 나 힘들어……."

"나야, 지원이."

"거짓말. 지혜 아빠, 거짓말 하지 마."

엄마의 눈물이 뚝뚝 떨어져 살을 타고 흘렀다. 헐렁한 반바지가 화장실 바닥의 물기를 빨아들이고 있었다. 발도 마찬가지다. 벌레에 물린 듯 긁은 자국이 고스란히 남아 있는 발은 퉁퉁 부어 있었다.

"다 거짓말이야. 거짓말."

엄마는 그 말만 중얼거렸다. 엄마를 일으키려 했지만 떼를 쓰듯 일어나지 않았다. 엄마는 빼빼 말랐는데도 정말 무거웠다. 억지로 잡아당기던 짓을 멈추고 거짓말을 했다.

"그래, 나야, 지혜 아빠. 방에 데려다줄게 일어나. 얼른."

그러자 놀랍게도 엄마가 몸을 일으켜 흐느적흐느적 걸어 나왔다. 엄마가 다시 주저앉기 직전에 얼른 붙잡아 방으로 부축해갔다.

"나 힘들어. 어떻게 살아야 할지 모르겠다고. 진짜 힘들어."

엄마는 흐느끼면서 쓰러졌다.

'아, 엄마. 엄마도 힘들겠지. 우리보다 더.'

엄마의 마지막 말은 "돌아와서 좋아. 지혜 아빠…… 딸아, 고맙다." 내 손에 손을 얹고는 그대로 잠들었다. 나는 엄마를 바라보며 미소를 지었는데, 그 미소는 호프집에서 새벽까지 일하고 돌아온 엄마의 방에서 시큰한 술내를 참아내고 있는 둘째 딸이 지을 수 있는 딱 그만큼의 미소였다. 나는 엄마 옆에 앉아 엄마에게 무슨 일이 일어났는지 생각했다. 엄마가 취직해서 어떻게 견디는지 모르겠다.

'엄마도 두렵겠지? 직업을 가져본 적 없잖아. 그런데 새벽 세 시까지 어떻게 일을 할까? 저 가느다란 몸으로.'

몸집 좋은 내가 대신 일을 해줄 수 있으면 좋으련만 엄마는 절대 허락하지 않을 것이다. 당장 먹을 것이 없어도 그럴 거다. 어른이라는 것 말고 아무런 힘도 없으면서.

'이런 생각하는 내가 싫다, 싫어.'

고개를 흔들었다. 사업을 해서 좋을 때는 승승장구할 때뿐인 것 같다. 매스컴의 영향력이 얼마나 큰지 잘되던 사업이 한순간에 파리 날리는 신세가 되기 일쑤인 것 같다.

"지혜 아빠?"

엄마의 목소리가 방에 흠씬 차오른 술내를 가르고 나를 향해 헤엄쳐 오고 있었다. 그러고는 잠에 빠져든다. 아빠가 그리 힘이 되었단 말이지. 우릴 버려두고 사라져버렸는데······.

아빠가 떠난 다음 날, 수업을 끝내고 집으로 오는 발걸음이 무거웠다. 현관문 앞에서 귀를 기울였다. 고함 소리와 문을 사납게 여닫는 소리, 소리만으로도 몸이 떨렸다. 그래도 아빠가 우리가 걱정되어 돌아온 건 아닌가 싶어 반사적으로 현관문을 열었다. 어제의 장면이 또 펼쳐지고 있었다. 옷가지며 신발, 몇 가지 세간이 흩어져 있었다. 사채업자들이 베란다 문턱에 앉아 담배를 피워대고, 소파에서 엄마를 붙잡고 실랑이를 하고 있었다.

"어씨 둘째 씨앗이 나타났구만!"

나를 가장 두렵게 한 것은 담배를 피우는 남자였다. 그는 느리지만 사뭇 위압적인 걸음으로 다가왔다. 각진 턱과 좁은 미간, 짙은 눈썹, 옴팍한 눈두덩과 휘어진 매부리코, 일직선으로 다물어진 얄팍한 입술, 야비한 인상이었다. 그는 다리를 벌리고 나를 쳐다보았다.

"니 껍데기 어디 있냐?"

굵은 검지로 내 이마를 쿡쿡 찔렀다. 상체가 뒤로 밀릴 만큼 다부진 힘이었다. 다리에 힘을 주고 버텼지만 후들후들 떨리는 것은 어쩔 수 없었다.

"경찰에 신고하기 전에 우리 집에서 나가세요!"

어떻게든 의연해지려고 애를 썼다. 본능적으로, 만만하게 보이면 끝장이라는 생각 때문이었다.

"경찰에 신고한다고? 내가 신고해야겠다. 니 아빠라는 작자가 우리 돈을 떼먹고 토껴버렸단 말이시. 식구들 모조리 칵! 보내버릴 수 있어. 솔직하게 부는 게 좋아. 어디 있냐?"

그 말에 오히려 마음이 차분해졌다. 그들은 대답을 들을 수 없다. 당연한 일이었다. 아빠에 대해 무엇을 알아야 대답을 하든가 말든가 할 게 아닌가. 궁금해서 우리가 더 미칠 지경이었다, 그때나 지금이나.

엄마가 술기운에 괴로운지 몸을 부르르 떨었다. 아, 따스한 기운이 느껴지는 엄마의 손가락. 문득 찬혁의 따스한 눈빛이 그리워졌다. 아빠를 갈망하는 엄마처럼. 그렇게 나도 모르게 찬혁에게 의지하는 것일까? 내 손 위에 얹혀져 있는 엄마의 손을 보고 있으니, 어디선가 그의 다정한 목소리가 들리는 듯했다. '지원아, 내가 곁에 있을게. 걱정 마.' 그러나 그것은 마치 사막을 헤매는 갈증에 오아시스를 찾는 간절함과 같은 이치다. 그게 나의 바람일 뿐이라는 걸 구분할 만큼 내 의식은 지금 너무 또렷했다. 손을 빼냈다. 엄마의 손을 가지런히 몸 옆에 놓아줄 수도 있었지만 그러지 않았다. 대신 문득 잠에서 깨어났을 때마다 엄마를 살폈다. 엄마가 깨어나 울지는 않는지 물을 찾지나 않는지 확인하기 위해서다. 엄마 옆의 빈자리는 너무도 또렷했다. 그건 무시할 수 없는 구덩이였다. 그 빈자리를 뚫어져라 쳐다보다 엄마의 얼굴을 들여다봤다. 엄마는 잠들어 있었지만 방은 정말이지 퀴퀴한 냄새의 도가니였다.

아침부터 나는 거실 바닥에 앉아 소리를 완전히 죽인 채 텔레비전을 보았다. 가수를 뽑기 위한 서바이벌 프로였다. 가수 지망생들이 연습하는 장면과 팀으로 모여 경쟁을 하는 장면이었다.

"지원이구나."

"네, 할아버지."

요즘 할아버지와 내가 알은체하는 방식이다. 우리가 이곳으로 이사 온 후 할아버지는 대부분 집을 나갔다가 식사할 때쯤에 들어왔다. 할아버지는 여기 있지만 여기 있지 않다. 할아버지는 노인정에 가거나 낚시를 가거나 그냥 감쪽같이 사라졌다. 예전에는 우리와 얘기를 많이 하셨는데. 우리가 오지 않았으면 부지런히 텃밭을 돌보고 책을 읽었을 것이다. 할아버지는 우리가 그럭저럭 버텨 나갈 테고 자신의 아들인 아빠도 곧 찾아올 것이라고 하신다. 하긴 그 말이 맞긴 맞는 것 같다. 우선은 엄마가 일자리를 얻어 밥은 굶지 않을 것이니. 별일 없는 오전이 지나고 늦은 점심을 먹기 전에야 엄마는 주방으로 왔다.

"벌써 일 나갈 때네."

엄마는 자신에게 얘기하듯 말하고 우리를 바라보았다. 그 눈망울이나 고갯짓이나 식탁에 엉거주춤 앉는 모습이 엄마가 있으니 걱정 말라고 말하고 있었다. 저렇게 엄마는 꺾이지 않고 끝까지 버틸 것이다. 우리를 향한 엄마의 이빨이 다 드러나는 저 미소. 힘을 내려는 듯 크게 미소를 짓고는, 어두운 곳의 상처를 핥는다. 그러면 나는 눈으로 여기저기에 묻은 엄마의 피곤을 하나하나 살펴 그것들을 머릿속에 새긴다.

그때에 할아버지가 때를 놓치지 않고 들어오셨다. 억지로 삼키고 있는 엄마. 가장 맛있는 것을 먹고 있는 듯한 표정으로 음식을 삼키는 데 집중하는 할아버지. 얌전히 먹고 있는 언니. 모두를 일일이 살피면서 꾸역꾸역 음식을 삼키고 있는 나. 이곳으로 온 후의 우리 가족이 밥 먹는 장면은 이렇다. 누군가 말을 해야 할 필요가 있다는 걸 알면서도 아무도 말하지 않는다. 이런 침묵을 끝내려는 듯 할아버지가 말문을 열었다.

"잘 하고 있지?"

"뭘요?"

언니가 물었지만 우리 둘 다 그게 뭔지 알고 있다.

그건 우리가 이사 온 날에 한 약속을 말한 것이다. 우리 때문에 어지간히 불편을 겪고 있는, 할아버지를 위해 다른 생각하지 않고 학생답게 공부를 열심히 하기로 했다. 그건 물론 엄마의 생각이었지만 우리는 시키는 대로 하기로 약속했다. 지혜 언니는 그리 공부를 잘 못하지만 고3이고, 나는 공부를 잘하는 편이다. 약속한 후의 습성으로 우리는 책을 들고 밖으로 나왔다. 학교에 다니게 될지 안 될지도 모르는 이 상황에서 그 누가 공부에 집중할 수 있겠는가. 그래도 엄마나 할아버지가 실망하지 않도록 면사무소에 딸린 도서관에 가는 시늉이라도 해야 했다. 어스름이 내릴 때까지 밖을 서성일 수밖에 없었다. 도무지 아무것도 손에 잡히지 않는 나날을 견뎌낼 뿐이었다.

"엄마가 출근하셨는지 집에 가보자."

강가의 공원을 한 바퀴 돌고 발길을 돌리며 언니는 집 쪽을 살폈다.

"엄마는 세 시에 출근이잖아. 잘 알면서 왜 그래?"

"이런 상황에서 뭔 공부며, 대학은 꿈에도 생각 못한단 걸, 내가 잘 알고도 남는다는 뜻이지. 그냥 집에나 가자."

이 말은 곧 우리 언니 어지혜가 공부하지 않겠다는 말이 된다. 또한 엄마는 여느 엄마들하고 똑같다. 살림만 해온 평범한 엄마, 지금껏 바깥일을 해본 적은 없지만 그래도 강할 것이다. 세상 모든 엄마들처럼. 비록 사채업자들 몰래 이곳 면소재지로 이사 왔을지라도……. 언니를 학교에 안 보낼 엄마가 아니다. 물론 돈도 없고, 우리가 구석진 이곳에 숨어 지내도 그들이 우리를 찾지 못할 일은 없을 것이다. 그들은 사나운 야생 개 같고 우리는 아무것도 걸치지 않은 나약한 짐승에 불과하기에 우리 집은 위험하다. 나로서는 그들에 대해 이렇게 말할 수밖에 없다.

물론 엄마는 당분간은 아무도 우리를 찾지 못할 거라고 했다. 이런 구석진 면소재지까지 이사한 우리를 찾으려면 시간이 걸릴 거라고. 그걸 바라고 전입신고도 전학도 하지 않았다. 그것도 방학 동안뿐이겠지만. 창문에 창살이 쳐져 있어 마음이 놓이긴 하다. 누군가 창문을 타넘을까 봐 겁났기 때문이다. 하지만 우리가 두려워하고 있는 사람들은 제집에 들어오듯 현관문으로 들이닥칠 것이다. 그러니 다 부질없는 것이다.

집들마다 제각각 드러내고 싶지 않은 사연을 담고 있을 거라는 생각이 든다. 우리 집에 낯선 침입자가 들어와 우리를 야금야금 잡아먹더라도 집은 늘 그렇듯 아무런 표정 없이 서 있을 것이다. 하지만 황폐하고 슬프고 또 어처구니없는 일이 벌어지고 있는 건 느낄 것이다. 뭔 일이 있을 때마다 집은 부르르 떨 것이다. 세상은 그걸 보지 못하겠지만.

집을 나서면서 그런 생각을 해서일까? 그날 오후는 끔찍했다. 할아버지를 본 것이다. 할아버지는 강가 공원을 돌아다니며 빈병과 깡통을 줍고 폐지를 줍고 있었다. 낯설었다. 그런 할아버지를 보는 건 정말이지 슬펐다. 불과 몇 달 전만 해도 할아버지는 자존심이 세서 아빠에게 손톱만큼도 지지 않던 분이었는데. 할아버지의 손은 지저분하고 수건을 목에 둘렀으며, 등에는 땀이 흥건히 배어 있을 것이다. 할아버지 눈에 띄지 않도록 탑 뒤에 숨어 있는 동안 언니가 나에게 어떤 일을 새삼스레 되새겨주었다.

"할아버지가 이곳으로 이사 왔을 때 생각나?"

"룰루랄라 좋았지."

언니는 머리카락을 끌어서 하나로 묶었다. 그래도 더운지 손바닥으로 부채질을 했다. 나는 탑 사이로 할아버지를 바라보았다. 그때를 기억하고 있다. 그날 해질 무렵의 노을이 산 너머로 번져들 때의 빛깔이 어땠는지도. 할아버지는 노을을 바라보다가 우리를 돌아보며 말씀하셨다.

"저 아름다운 노을을, 자연을 보호하려면 어떻게 살아야 하는지 알지. 혼자서 실천해볼 거다."

그 이튿날, 우리는 텃밭을 일구는 할아버지를 보고 엊저녁 하신 말씀이 허튼소리가 아니었음을 깨달았다.

씨는 어떻게 심어지는가. 어떤 씨앗이 발아하는가. 씨앗은 비효율적이다. 너무 깊이 심으면 제때에 싹이 날 준비를 하지 못한다. 얕게 심으면 까마귀가 먹어버린다. 비가 많이 오면 씨앗에 곰팡이가 핀다. 너무 안 오면 아예 싹을 틔우지 못한다. 싹이 튼다 해도 잡초 때문에 캑캑거리고, 개가 뿌리를 파헤치고, 자동차 배기가스에 질식할 수도 있다. 생각해 보면 나름 똑똑하다. 사람도 그런 때가 있다. 자식 중 몇 명이 성장하는 과정에서 죽을지 모르고, 병에 걸릴지도 몰라 많이 낳기도 한다. 그중 둘이나 셋쯤은 부지런한 농부가 될 수 있다. 씨를 심을 줄 아는 농부. 우리 할아버지 같은 농부가 진짜 농부인지도 모른다.

"우리도 그런 씨앗 같은 거야. 씨앗처럼 살아남는 것은 경이롭다."라고 그때 우리에게 씨앗론을 얘기하셨다. 그때부터 지금까지 할아버지는 자연보호를 실천하고 있는지도 모른다. 강가 공원에서 재활용품 수거하는 할아버지의 모습을 통해 그때의 할아버지를 떠오르게 했으니. 점잖고 깔끔한 할아버지, 늘 손에서 책을 놓지 않고 도서관을 드나들던 할아버지의 트레이드 마크였던 지적인 흰머리……. 절제와 정직함이 묻어나오는 분위기의 흰머리에서는 누구에게도 꿀리지 않는 자부심이 엿보였다. 그때 그 노익장이 할아버지였다. 언니가 말했다.

"이제 할아버지는 지나치게 현실적이다. 그치?"

이곳저곳 쓰레기통을 뒤지고 다니는 할아버지, 쓰레기통에서 재활용품을 줍는 할아버지를 보자 달리 대답할 말이 떠오르지 않았다. 현실. 창피함. 쪽팔림에 가슴이 쓰라렸다.

"쪼다가 됐지, 뭐. 할아버지도. 아무것도 안 하고 있는 우리도."

쪼다는 병신이라는 뜻인데, 병신이 돼버렸는데도 불구하고 우리는 여전히 살아야 한다는 것이다. 해는 흐리멍덩한 게 일어나길 포기하고 서서히 죽어가는 느낌이다. 눈길을 바닥으로 내렸다. 마른 개울에 죽은 쥐 한 마리가 보였다. 죽은 쥐 옆에는 맥주병이 먼지를 뒤집어쓰고 있었다. 영혼이 텅 빈 것 같은 저 빈병도 할아버지가 주울까? 할아버지가 강가의 공원을 돌아다니는 게 우리 눈에 띄었다는 건, 우리들도 무언가 일해서 돈을 벌어야 한다는 걸 뜻한다. 그렇게 되게끔 일이 돌아가는 것이다. 그 순간 커피 보온병이나 손수레를 끌면서 커피를 팔던 아줌마들이 그림처럼 스쳐갔다.

"저, 언니……. 우리 자전거도로에서 커피를 팔자. 주말에는 서울로 가는 차가 많이 밀리던데 그때 팔든지. 언니는 예쁘고 늘씬하니까 차를 붙잡아. 쉬운 말로 호객 행위지. 커피 파는 것, 들고 다니는 것, 커피는 내가 탈게. 아무렴, 내가 튼튼하니까."

언니가 씨익 웃자, 나는 우리가 똑같은 생각을 하고 있다는 걸 알았다.

"우리 돈 합쳐봐야 몇 푼 안 되고, 장사가 안될지도 모르니까 우선은 집에 있는 커피를 파는 거야. 이 더위에 자전거 타면 시원한 커피 생각이 절로 나겠지, 잘 팔릴 거야 분명히. 내 생각 어때?"

언니는 깊은 한숨을 내뱉었다.

"언니! 할아버지가 저런 꼴로 돌아다니는데 새파란 청춘이 이렇게 세월을 죽이고 있으면 되겠어? 안 그래? 나만 믿으라고. 시키는 대로만 해 언니는. 자, 빨리! 빨리!"

나는 언니를 잡아끌고 빨리 걸었다. 집에 있는 커피로 어마어마하게 돈이 벌리는 장면이 펼쳐졌다. 커피를 팔아 돈을 버는 기분은 어떤 걸까? 학교에서 축제 때 하는 그런 장사 말고. 아이스커피 만드는 게 어렵겠는가? 커피에 얼음을 넣어 차갑게만 하면 될 것이다. 아이스커피 만드는 법을 검색해서 커피를 타고 보온병에 넣고 얼음을 넣었다. 사람들을 붙잡는 역할은 언니가 해야 한다고 몇 번이고 말했다. 언니는 대꾸도 없이 잠자코 고개를 끄덕였다. 돈을 벌기 위해 커피장사를 해야 하는 기분이 어떤지 묻고 싶었지만 묻지 않았다. 맘이 바뀔까 걱정되었고 나 역시 그 말을 꺼낸 순간 장사를 못할 것 같았기 때문이다.

우리는 철길을 향해 걸었다. 이곳 자전거도로는 사용하지 않는 철로를 이용해 만든 곳이었다. 그런데 얼마 가지 않아 다시 도로로 내려와야만 했다. 야산과 맞닿은 곳까지 잔나무로 길이 막혀 있었던 것이다. 나뭇가지 사이로 보이는 자전거도로에는 사람이 보이지 않았다.

"어쩌지?"

그냥 돌아가자는 말이 뱅뱅 돌았다. 하지만 성질 급하게 몰아세운 건 나였다. 장사하기 싫어선지, 더위 때문인지 이유를 알 수 없는 화가 끓어올랐다.

"씨바! 빌어먹을 인생."

욕이 튀어나왔다. 내리쬐는 햇빛에 살이 익어가는 것 같고, 짜증나서 모든 걸 던져버리고 도로 건너의 강에 뛰어들고 싶었다.

"하기 싫어도 어쩔 수 없어. 우리 집 마지막 커피를 그냥 버릴 수 없으니까."

언니의 목소리가 더운 날씨와 다르게 공허하고 슬프게 들렸다. 나는 침을 퉤 뱉으며 고개를 끄덕였다. 언니를 보며 각오를 다졌다. 여기까지 왔는데 돌아갈 수는 없었다. 다시 도로로 내려와 완만한 곳을 찾아 걸었다. 컵과 아이스커피가 든 냉온 보온병을 들고, '죽여주는 아이스커피 1000원'이라고 쓴 종이판을 들고 자전거도로로 접어들었다. 하지만 반시간이 흐르도록 지나가는 자전거는 단 한 대도 없었다. 날이 더워서 자전거를 덜 타는 모양이었다. 나무 그늘로 들어갔다. 그러지 않으면 햇볕에 머리가 익어버릴 것 같았다. 언니는 바닥만 내려다보고 서 있었다.

'으그, 저 개애뿔, 등신…….'

하지만 언니를 욕할 수 없었다. 나 역시 비닐가방을 바닥에 내려놓기는 하였어도 쪽도 팔리고 무언가 두렵기도 해서 용감무쌍하게 썼던 종이판을 펼칠 수가 없었다. 우리는 그런 자세로 끈기 있게 그 자리를 지켰다. 그동안에 자전거를 혼자 타는 사람이 지나갔지만 눈길도 받지 못했다. 문득 찬혁이나 찬진, 도희가 보면 어쩌나 하는 걱정에 주위를 휘돌아보기도 했다.

'그가 보면 저 강물로 뛰어들어버릴 거야!'

그들에게 아니, 찬혁에게 이런 모습은 절대로 보이고 싶지 않았다.

하지만 칼을 뽑았으니 무라도 잘라야 할 판국이었다.

"커피 맛도 볼 겸, 시원하게 우리부터 한 잔씩 마시자."

나는 도로 턱에 앉아서 커피를 따랐다. 언니는 군소리 없이 커피를 받아 마셨다. 더위에 걸어오느라 목이 말랐던 것이다.

"야, 이게 아이스커피야? 독약이지!"

거의 한 대 때릴 기세다.

"그렇게 써?"

'널 믿은 내가 미쳤지. 이 더위에 이렇게 쓴 약을 누가 마시겠냐?"

"어쩌지? 물 좀 더 넣으면 될까? 아씨, 몰라. 나도……. 어? 저기 사람들 온다. 커피는 어떻게 해볼 테니까, 언니는 커피 마시는 모델처럼 저 사람들을 바라보면서 맛있어 죽겠다는 표정으로 마셔. 빨리! 빨리!"

언니는 인상을 구기다가 사람들을 향해 씨익 웃었다. 나뭇잎 사이로 들어온 햇살이 언니의 얼굴에서 반짝반짝 빛났다. 나는 재빨리 종이판을 세웠다. 자전거 두 대가 미끄러지듯 굴러왔다. 자전거의 사람들은 중년의 아저씨쯤 되었을 거라는 추측밖에 할 수 없었다. 얼굴마스크를 썼기 때문이다. 자전거 속도를 줄이며 종이판의 글을 읽은 사람이 물었다.

"여기서 뭐 하는 거냐?"

"그냥 뭐……."

언니가 혼잣말하듯 우물거렸다.

'그냥 뭐라고? 그렇게 대답하면 안 되지 숙맥아.'

내가 나서야 할 것 같아서 벌떡 일어나 언니를 쳐다보았다. 언니 얼굴이 잘 익은 수박처럼 벌게졌다. 그 얼굴을 보자 어떤 말도 할 수 없었다. 자전거에서 내린 남자가 언니 곁으로 다가왔다.

"커피 파는 거야? 커피 모델이 진짜 예쁘네."

만약을 대비해 나도 언니 곁으로 다가갔다. 언니의 얼굴은 지나치게 익어버린 수박색이 되었다.

"그냥 심심해서…… 커피를 마실까 했는데."

그렇게 말하고 언니는 커피를 벌컥벌컥 마셨다. 독약처럼 쓰게 탔다는 커피를. 그렇게 마셨는데도 벌게진 얼굴은 더 달아올랐다.

"학생들 같은데, 이런 곳에서 장사하면 안 돼. 자식들 같아서 하는 말인데 자전거도로 근처에서 장사하는 사람들이 가만 안 둘 거야."

자전거에서 내리지 않은 아저씨가 걱정스런 목소리로 말했다. 하지만 자전거에서 내린 아저씨는 달랐다.

"그나저나 학생은 진짜 이쁘네, 용돈 필요해서 나온 거야? 이 아저씨가 엄청 비싸게 커피를 사줄까? 어때?"

모두가 조용히 언니의 대답을 기다렸다.

"아, 씨! 커피 파는 거 아니라니까요."

그 말에 자전거에서 내린 아저씨가 자전거를 탁! 하고 세웠다.

"뭐라고? 이게……."

언니를 사납게 쳐다봤다. 언니도 그를 노려보았다.

"에이, 자식 같은 애들한테 뭔 허접한 소리야."

자전거 위의 아저씨였다. 살얼음판을 걷는 것 같은 아슬아슬한 분위기에서 정적이 미끄럼을 탔다. 언니가 뱉은 말은 내가 했을 법한 말이었다. 분위기가 살벌해서 뭔 말인가를 하고 싶었지만 괜한 말을 했다간 일이 커질 것 같아서 꾹 참았다. 심지어 그 이후에도 우리는 이 일에 대해서 입을 다물어버렸다.

"자, 자, 그만하고 기분 좋게 자전거나 타자고."

자전거에서 내리지 않은 아저씨가 자전거에서 내린 아저씨를 억지로 끌었다. 그러자 그 아저씨도 못 이긴 척 자전거에 올라탔다. 그걸로 끝이었다.

"언니?"

"됐어!"

언니가 아무 말도 붙이지 못하게 딱 잘라 말했다. 이제 확실히 끝났다. 언니에게 말을 붙여봐야 소용없다. 언니는 냉온보온병을 거꾸로 세웠다. 자전거도로 옆의 움푹한 곳에 커피를 쏟아버렸다. 그런 언니를 보니 우리의 앞날이 걱정스럽지만은 않았다.

◆ ◆ ◆

"언니, 다시는 그런 장사하지 말자…… 그런 장사하기엔 언니는 너무 예뻐."

"넌 어떻고?"

"언니보다 백 배 예쁘지."

"어쭈, 살이나 빼고 말씀하셔."

"그 아저씨가 커피를 비싸게 산다고 했을 때 기분이 어땠어?"

언니는 한동안 말없이 생각에 잠겼다.

"예쁘다는 게 나쁜 것만은 아니구나! 세상 살아가는데……. 할아버지 왈, 가난하다고 마음까지 가난해질 이유는 없다. 고결한 생각이 물질적 풍요보다 훨씬 중요하기에 가난하더라도 좌절할 이유가 없다! 말씀이 생각났고, 네 걱정만 했어."

"고결한 생각은 아니지만, 좀만 참아, 돈만 생겼다 하면 닥치는 대로 로또를 사서 확 당첨되어버릴게!"

나는 언니가 손등으로 소리 없이 눈물을 닦는 걸 보았다.

"내가 걱정하는 건 우리 가족뿐이야. 나머지는 다 참을 수 있어. 넌 강한 척하지만 사실은 너무 여린 내 동생이잖아."

언니 말이 옳다. 나는 정말 너무 세세한 것까지 느끼고 걱정한다.

"그는…… 모나리자의 미소를 찍고 싶댔어. 예쁜 여자를 찾는 거겠지?"

"글쎄."

"절대 언니를 보여주지 않을 거야."

◇

4

엄마는 지금 라면을 끓이고 있다. 사흘이나 한 끼를 이렇게 해결하고 있다. 그건 괜찮다. 우리는 라면이라면 언제나 환영하는, 없어서 못 먹는 청소년이니까.

"이열치열! 라면은 더울 때 먹어야 화끈하게 당겨."

내가 콧소리를 내며 일부러 유쾌하게 웃었지만 다른 식구들은 아무도 웃지 않았다. 그걸로 끝이다. 점심을 먹은 후 늘 그랬던 것처럼, 오후의 강가에 갔다가 다시 집으로 돌아왔다. 누군가가 대문 앞에서 우리를 기다리고 있었다.

"안으로 들어가서 얘기할까?"

평범하게 생긴 얼굴에 인상이 좋아 보이는 남자가 말했다.

그는 우리가 열어주지 않아도 주먹 한방이면 대문이 활짝 열리고도 남을 만큼 자신만만한 표정을 짓고 있었다. 키는 작

달막했지만 운동으로 단련된 근육질의 남자였다. 무스로 짧은 머리카락을 세워서인지 나이를 가늠하기 어려웠다. 그가 "빨리!" 하고 짧지만 강력하게 다그쳤다. 같은 비유를 하는 건 슬프지만, 내 심장은 찬혁을 만났을 때만큼이나 뛰었다. 두려움으로 몸이 떨렸다. 언니가 대문 앞으로 다가갔다.

"저어, 누구신데요?"

"아, 나로 말할 것 같으면 사채업자들의 억울함을 대신 처리해주는 사람! 그렇다고 겁먹을 건 없고! 우리의 모토는 상부상조, 뻔히 알거지가 된 인생이란 놈이 제멋대로 굴러가지 않도록 서로 상부상조, 동고동락하자고 찾아왔지. 자, 얘기는 들어가서 하기로 하자. 더워죽겠다."

그는 셔츠 앞자락을 바람이 통하도록 흔들어대며 말을 이었다.

"내가 오리라는 걸 알고 있었을 거 아냐?"

우리는 생각하고 말 것도 없이 대문을 열 수밖에 없었다. 우리가 산속의 동굴에 숨었다고 한들 찾지 못할 그들이 아니지 않는가. 사채업자들이 돈을 대신 받아주는 해결사에게 일을 맡긴 모양이었다.

"죽이는구만, 예쁘고 몸매도 삼삼하고. 내 여친해뿌러라! 첫눈에 뿅 갔으니까."

눈을 부릅뜨고 해결사를 노려보는 언니. 서시빈목西施矉目이란 한자성어가 떠올랐다. 중국의 절세미인 서시는 눈살을 찌푸린 것까지 아름답게 보였다 하지 않는가. 그 서시가 서 있는 것 같았다. 언니처럼 눈을 크게 치켜떠 노려보고 싶었다. 이런 상황에 뭔 생각을 하고 있는가. 내가 미, 미쳤다.

언니의 반응 따위엔 아랑곳도 않고 언니를 뒤따라가는 괴물 같은 해결사.

"이리 돌리고 저리 돌리고 할 것 없이 얘기를 끝내버리자. 우린 젊으니까! 한마디로 네가 너희 집을 위해서 알바하라는 야그다! 어때? 구미 당기지?"

해결사도 알고 있었다. 우리 집 형편상 우리가 무언가를 해야만 한다는 사실을.

우리는 식탁에 앉았고, 그가 시원한 냉커피를 달라고 했지만 물을 주었다. 커피를 지난번에 다 타버린 탓이었다. 설사 커피가 있다 해도 이 남자에게 주지 않았을 거다. 그래야 냉철함을 유지할 수 있을 거였다. 이 남자는 해결사라는 괴물 같은 직업을 가졌는데도 좀 평범하게 보이는 구석이 있다. 나쁜 사람으로 느껴지지 않는 서글서글함, 알다시피 완전 무식한 사람으로 보이거나 말이 안 통할 것 같은 사람은 상대를 안 하면 그만이다. 문제는 잘생긴 사람이 아닌데도 뭔가 말이 잘 통할 것 같을 때나, 우리에게 도움을 줄 사람이 아닌 것이 확실한데도 흥미를 끄는 구석이 있을 때다. 그런 사람과 얘기하다 보면 무슨 일이든 일어나게 마련이다.

"내 이름은 강철이야. 강철."

그는 악수를 청했다. 왠지 어른 대접을 받는 느낌에 우리가 순식간에 어른이 된 것 같았다. 이 남자의 특징은 말하는 거나 행동이 시원스럽다는 거다. 그의 옷에서 스파클 향수 냄새와 땀내가 섞여 나는데도 전혀 아랑곳하지 않았다. 그는 시원스레 얘기했다. 아르바이트에 대해, 노래방 주인이 좋다는 것에 대해, 도우미의 역할에 대해, 시급과 팁에 대해 막힘없이 그 시원한 목소리로 설명했다. 얼음물을 마신 것처럼 내 가슴이 시원해지고 있었다.

"나는 못 받은 돈, 떼인 돈, 부실채권을 받아주는 채권추심사에 근무하고 있는 채권추심원이야. 이름이야 그럴듯하지만, 한마디로 사채업의 해결사지. 나이트 웨이터부터 시작한 사람이라서 인생을 좀 알지! 그래서 나는 막무가내로 돈을 받아내지 않아. 먼저 내 돈으로 해결해줘. 그러면 사례금을 받을 수 있지. 나머지는 내가 빚쟁이에게 임대료를 받는 것처럼, 돈을 수금하러 이곳저곳을 돌아다녀. 도랑 치고 가재 잡고……."

제 말에 취해 흥이 넘치는 듯 그의 말에 속도가 붙었다.

하아. 해결사가 아니라 알바의 신처럼 말한다. 언니가 저 말에 속아 넘어가지 말기를, 제발 비, 나, 이, 다.

"그러니까, 밤 8시부터 새벽 1시까지 알바해도 다른 사람들보다 열 배의 돈을 손에 쥐는 거야. 현찰로! 예뻐서 팁도 많이 받겠지. 내 말은, 도우미에게 나쁜 짓을 할 것 같지만 실은 그렇지 않거든. 그냥 같이 흥겹게 노래 불러주고 놀면 돼. 놀면서 돈 벌 수 있는 기회의 시간은 딱 다섯 시간이야. 태산도 한 걸음부터라는 말 알지? 그러면 사채업자들로부터 괴롭힘도 안 당하고 빚도 갚을 수 있어. 그런데다 나는 의리의 사나이라서 어린 학생에게 좋은 곳을 찜해놓았어. 선택에 따라서 넌 많은 돈을 벌 수 있고, 난 돈을 앞당겨 받아내게 돼. 당근, 당근으로 선택할 여지가 없지만! 그래도 나는 신사이니까, 의견을 묻는 거야. 어때?"

언니는 예의 그 오른손을 들어 머리를 한번 쓸어 올리면서 골똘히 생각에 잠겼다.

"도시인 그곳까지 갈 때는 알아서 간다고 해도 올 때는 차가 끊길 텐데 어떻게 집에 돌아오나요?"

"보름간은 출퇴근 서비스! 그다음에는 퇴근 때만 태워줄 거야. 어차피 수금하러 가잖아."

진짜 모든 계획이 끝내준다.

"내가 태워주지 못할 때에는 택시를 태워줘. 하지만 시간을 다 채우지 않고 돌아올 때엔 다르지. 네가 모든 것을 알아서 해야 돼. 그런 서비스까지는 해줄 필요가 없거든. 안 그래?"

"그 정도는 알 만큼 컸어요."

언니의 말에 우리 모두 웃었는데 특히 강철이 제일 유쾌하게 웃었다. 그는 지혜 언니가 맘에 든 것이다. 사람들은 자기들 머릿속에 든 생각을 콕 집어서 말해주는 사람과 얘기하면 기분이 괜히 시원해진다.

"만약 술을 먹이면……."

언니가 가벼워지는 분위기가 부담스러운지 심각한 표정을 지었다. 그런 언니의 걱정을 알고도 남음이 있다는 듯 강철이 안심시켰다.

"당근, 취객들은 술을 거절하면 분위기 깬다 해. 하지만 걱정 마. 고딩한테 술까지 파는 알바는 안 시키니까. 그냥 마시는 시늉만 하고 눈치껏 버려, 탁자 밑의 쓰레기통에. 그럼, 하는 걸로 오케이?"

강철이 만족스러운 얼굴로 언니를 쳐다보았다. 돈의 유혹은 무서운 것이다. 언니가 씁쓸한 표정을 지었다.

"제 동업자랑 의논해볼게요."

강철은 미소를 짓고 나에게 시선을 돌렸다.

"동업자? 설마 여기 계신 통감자가 동업자는 아니겠지?"

"통통해도 춤과 노래를 진짜, 진짜 잘해요."

나는 깜짝 놀랐다. 어지혜, 만날 심부름이나 시키는 왕짜증이 나를 치켜세우다니.

"그래? 그거 뜻밖인데?"

"아저씨가 원한다면 당장 보여줄 수 있어요. 꿈이 가수거든요. 지금은 다 깨졌지만. 할아버지 오시기 전에 노래 한 곡 불러봐. 노래 부르면 세포가 막막 살아난다고 엄청 좋아하잖아, 그치?"

강철이 잔뜩 기대하는 표정을 지었다.

"그렇게 잘 불러?"

"곧 보실 거예요. 공부도 잘하고 노래도 잘하는 내 동생을."

나는 식탁에서 일어났다. 언니는 우리가 간혹 했던 것처럼 마이크 삼을 플라스틱 물병을 주었다. 핸드폰을 켜고 이제 좀 아터진 거실에서 가수놀이를 하려는 참이다. 언제나 내 맘대로 언니를 억지로 끌어다 했던 가수놀이였다. 나는 반주에 맞춰서 가수라도 된 양 노래를 불렀다. 언니는 벽에 기대어 박수를 쳤다. 강철은 상체를 흔들었고 콜을 외쳤다. 그게 우리의 맘을 녹였다. 내게 악수를 청하며 감동 먹은 표정으로 주문했다.

"춤도 춰봐. 이런 시골구석에서 썩긴 아까워."

막상 몸을 흔들려니 힘들었다. 그동안 내 맘이 맘이 아니었던 만큼 몸이 굳어버린 듯했다. 낡고도 좁은 이런 집구석에서 좋은 일도 없는데 춤을 추려니 우습기 짝이 없었다. 그래서 거실을 빙빙 돌기만 했다. 거실을 세 바퀴쯤 돌자 리듬감이 살아났다. 이런 나를 다 이해한다는 표정으로 강철이 박수를 쳐댔다. 나는 리듬에 맞춰 몸을 흔들었다. 하지만 그쯤에 음악이 끝나버렸다. 엉거주춤할 수밖에 없었다. 어색해서 언니의 어깨를 톡톡 치는데 눈물이 핑 돌았다. 언니가 때려대는 날 피하지도 않고 느닷없이 안았다.

"미안해."

언니가 어쩌나 꼭 껴안는지 숨이 막히는 것 같았다.

강철을 봤는데 눈가가 붉어진 듯했다. 몰랐다. 괴물 같은 해결사의 눈가도 붉어질 수 있다는 것을. 아마도 내가 잘못 본 것이리라. 그는 우리를 잡아먹으러 온 괴물 해결사가 아닌가. 정신 차리자. 나는 눈물을 보인 게 싫어서 얼른 눈물을 닦았다. 강철이 냉장고를 바라보았다.

"정말로 커피 없어?"

"우리 집엔 커피 없어요."

언니는 내가 운 것 때문에 맘이 안 좋은 모양이었다. '내가 걱정한 건 너 때문이고……. 내가 걱정하는 건 우리 가족뿐이야…….' 언니가 했던 말이 또렷이 들렸다. 커피 대신 시원한 얼음물을 마신 강철은 다시 알바 이야기를 했다.

"좋아, 둘 다 알바하는 거로 하자."

"노래를 시킨 건 연예계 관계자를 알고 있다면 키워보라는 뜻이었어요. 요즘 아이돌이 대세잖아요."

강철이 그런 언니를 보며 씨익 웃었다.

"노래방을 생각해봐. 노래 부르고 춤추는 데야. 알지? 손님들 기분을 업 시켜야 매상이 오르고 팁이 쏟아져. 좀 통통해도 그런 재주로 사람을 당기는 매력이 있는 건 지원이야. 알바하다가 연예계 쪽 손님을 만나면…… 대, 대박이지?"

히히히. 웃지 않으려고 애썼지만 절로 내 입이 벌어졌다. 해결사 일을 하는 사람, 그런 사람과 사채업자들은 치가 떨릴 정도로 싫은데 왠지 강철에게는 사람을 편하게 만드는 재주가 있었다. 강철이 언니의 얼굴을 찬찬히 뜯어보았다.

"당연, 너는 노래방에서 굉장히 인기를 끌 거야. 맑고 청순한 얼굴에 남자들의 보호본능을 유발시키는 커다란 눈을 가졌거든. 왠지 모르게 그 눈이 사람을 잡아매. 아, 진짜 내 여친해 뿌러라! 알바고 뭐고 할 것 없이!"

과연 그의 말대로다. 언니는 예쁘고 여려 보이는 투명함이 얼굴에 깃들어 있었다. 그런데도 입술은 두툼했으며 커다란 창 같은 눈을 가졌다. 그런 매력은 언니의 맑고 깨끗하면서도 하얀 피부와 조화를 잘 이루었다.

"그리고 넌? 노래를 불러 분위기를 업 시켜준다면 통통해도 많은 팁을 받을 수 있어. 너한테는 편안함이 있으니까."

"동생은 절대 안 돼요. 아무리 노래하는 걸 좋아한다 해도 그런 곳에서 일하게 할 수 없어요. 전 민증이 나왔지만 앤 아직 어려서요."

그는 어깨를 으쓱해 보였다.

"알바를 하면, 사람들에게 시달리는 것 말고 뭘 참아내야 하나요?"

"말하자면 이런 거. 쓰레기통에 술을 버리는 걸 들켰을 경우엔 화를 내겠지. 술꾼들은 술을 피보다 아까워하니까. 또 섣불리 행동해서 누군가 네가 학생인 걸 알고 신고하면 바로 끝이야. 낌새가 이상하다 싶으면 무조건 튀어!"

강철은 앞으로의 일이 기대되는지 말에 힘을 넣었다. 특히 마지막으로 한 번 더 힘을 실어 단단히 못을 박았다.

"더 큰 위험은 내 은혜를 저버리고 맘대로 행동할 때야! 그러면 네가 죽어도 책임질 수 없어. 그건 나도 어쩌지 못할 끔찍한 일이 될 거야."

두 번 다시 보기 싫은 잔인하고도 끔찍한 웃음을 짓는 해결사. 언니에게 명함을 건네었다. 쇠사슬이 그려진 해결사 강철의 명함.

"그럼 목욕부터 시작하는 걸로 알고 7시쯤 태우러 올게. 익숙해질 때까지 서비스로. 더 물어볼 거 있어?"

"아뇨."

차를 세워둔 공터까지 같이 걸어 나가자 그가 우리에게 일깨워주었다.

"잊지 마. 엄마한테 얘기해봤자 일만 복잡해지고 해결책이 없다는 거. 다른 데로 도망쳐도 금방 찾는다는 걸……. 이왕

이렇게 풀리는 인생, 상부상조해야지. 날 언짢게 해봐야 너희에게 득 될 게 없어."

"하지만 짐승처럼 강제로 끌고 갈 수도 없겠죠. 좀 더 생각해보고 목요일에 전화 먼저 할게요."

"아무렴, 좋은 응답이겠지?"

우리는 아무런 대답도 하지 않고 강철이 차타는 걸 보았다. 오래된 차처럼 보였지만 꽤 고급스러운 승용차였다. 그는 이 차를 굴릴 만큼 돈을 벌고 있는 게 틀림없다. 그 돈은 우리처럼 사채업자들의 돈까지 빌렸다가 벼랑 끝에 몰린 사람들에게서 벌어들였을 거였다. 집으로 들어온 우리는 아무 말도 하지 않았다. 언니는 뒹굴거리며 음악만 들었고, 난 언니와 달리 침대에 엎드려 책을 읽었다. 웬일인지 정말 오랜만에 책이 손에 잡혔다. 하지만 읽히지는 않았다. 가라앉은 목소리로 언니에게 말했다.

◆ ◆ ◆

"나쁜 사람 같지 않지? 해결사 하면 무지 우락부락하게 생겼을 거로 생각했는데. 근데 노래방 알바가 아닌 거 같아. 술까지 파는 것 보면……. 그치?"

"어쩔 수 없어, 하지만 넌 아냐."

"언니는 두려워하고 있어. 그래서 내가 옆에 있어야 해. 엄마한테 강철이 왔다고 얘기하고 말까?"

"그래도 해결책은 없어."

"난 알바비로 몽땅 로또 살 거야!"

"넌 절대 안 되고, 나도 할지 말지도 안 정했다."

"개애뿔."

"할아버지 왈이 자꾸 생각나. 가난하면 내면까지 가난해질 수 있다는 말씀. 가난에서 벗어나기 위해 노력하지 말라는 뜻은 아니고, 극단의 선택을 피하라는 뜻이겠지만⋯⋯ 할 수밖에 없겠지."

그래도 우리의 선택에 달려 있지 않겠는가. 우리 방은 오늘따라 더 구질구질하게 느껴졌고, 방이 한없이 땅속으로 가라앉는 것 같았다. 이렇게 가라앉다가는 숨 막혀 죽게 될 텐데⋯⋯. 더 이상 땅속으로 꺼지지 않으려면 어떻게 해야 하지? 내가 그런 알바를 하면 그가 어떻게 생각할까? 혹시라도 그런 알바를 하는 나를 봐버린다면? 불량학생으로 볼 것이다. 철없는 나는 그게 걱정되었다. 언니에게는 좀 미안한 일이지만.

5

찬혁에게 문자하고 싶었지만 용기가 안 났다.

'아, 힘들어. 찬혁에게 문자할까 고민하고, 찬혁에게 알바 상담을 고민하고, 찬혁에게 무슨 말을 할까 고민하고, 고민의 연속이네.'

책을 집어 들었다. 책이 눈에 들어올 리가 없었다. 카메라를 꺼냈다. 해결사 강철과의 만남과 알바 문제에서 벗어나고 싶었다. 나는 한번 고민에 빠지면 그 상태가 오래간다. 힘들어서 이 성격을 고치고 싶지만, 과연 가능할지 의문이다.

"그 사람 두물머리에 왔을까? 사진을 찍을까 하고. 사진 친구가 되기로 했거든."

혼잣말이었는데, 언니가 벌떡 일어났다. 깜짝 놀랐다, 강가에 갈 것 같아서. 찬혁이 언니를 좋아해버릴 것 같은 예감에 불안했다. 그래서 찬혁에게 언니를 보여주지 않을 작정이었다. 언니가 같이 가겠다고 할까 봐 서둘렀다. 하지만 집에서 나올 때와는 다르게 느릿느릿 두물머리 산책로를 걸었다. 몇몇이 강을 구경하거나 사진을 찍고 있었다. 찬혁은 없었다. 비슷한 사람도 없었다. 두물머리의 느티나무는 오후 빛을 받아 빛나고 있었다. 사진쟁이들이 좋아하는 부드러운 역광이었다. 그런데도 나는 카메라를 들지 않았다. 느티나무 아래 벤치에 앉았다.

'느티나무님, 느티님, 제발…… 그가 사진 찍으러 오게 해주세요. 풀잎에 맺혔던 이슬이며, 꿈처럼 피어오르던 안개 때문인지 제가 그날 꿈꾼 것 같지만, 꿈꾼 게 아니었으니까 짠하고 나타났으면 좋겠어요. 그 이유는 잘 모르겠어요. 그냥, 만나고 싶어요, 이유를 알게 되면 느티님께 알려주고 사진도 근사하게 찍어줄게요. 그러니까, 당장 나타나게 해주세요. 두물머리 수호신인 느티님께 비옵니다. 나무아미타불. 아멘.'

소원을 빈 다음, 카메라를 들어올렸다. 느티나무에 초점을 맞췄다. 커다란 덩치의 느티나무를 렌즈 안으로 끌어당겼다. 찰칵! 바람결에 휘날리는 느티나무의 옷자락을 찍었다는 생각에 호흡이 빨라졌다.

"예쁜 학생이 오늘도 왔네. 그나저나 저 족자섬도 얼마 안 있어 사라지겠는 걸."

그가 아니다. 뚱뚱한 아저씨가 강물에 덩그러니 앉아 있는 섬을 가리켰다. 강물에 무심히 떠 있는 작은 섬이 족자섬인 모양이었다.

"사진 찍는 걸 방해한 건 아니제?"

이곳 두물머리에서 봤던 아저씨였다. 아저씨는 카메라를 매만지다가 걸음을 옮겼다. 사진 찍으러 왔으면 사진이나 찍지 뭐야. 아, 느티님 정말 이러실 거예요? 보내달라는 그는 안 보내주고 웬 아저씨를 보내주냐고욧. 사진을 찍고 싶은 맘이 사라져버렸다. 다시 벤치에 앉아 족자섬을 바라보았다. 예전엔 저리 작은 섬은 아니었으리라. 족자섬 너머 하늘을 올려다보았다. 솜을 틀어 놓은 듯한 하얀 구름. 여름 하늘이라기엔 맑은 파란색. 모든 게 맑고 환했다. 그런 밝음 때문인지 누추하게 여겨졌다. 티셔츠에 청바지, 슬리퍼 차림으로 느티나무 아래에 앉은 초라한 나. 언니와 나는 장차 어떤 어른이 될까? 알바를 어떻게 해야 하나? 혼자 외롭게 떠 있는 작은 족자섬, 그 물밑을 상상할 수 없다. 그것처럼 외롭게 떠 있는 우리 집, 앞으로 펼쳐질 삶이 벽처럼 답답하게 다가왔다.

'그만, 팍, 강으로 뛰어들고 싶다.'

찬혁을 만나기 전으로 돌아와 있었다. 생각하지 말아야지 하는데도 생각이 찬혁에게로만 향했다. 어쩔 수 없는 일인지도 모른다. 이곳은 그와 처음 만난 곳이고, 아빠처럼 믿음직한 느티나무와 벤치……. 찬혁을 따로 떼어 생각하는 건 불가능했

69

다. 알바 문제와 찬혁 생각을 안 하려고 카메라를 들었다. 하지만 두물머리 사진 프레임의 정물을 찍어도 기분이 나아지지 않았다. 알바를 어떻게 하면 좋을까. 머리를 써도 해결되지 않는 문제가 많았다. 확 문자를 날려? 그때 지면에 그림자가 드리워졌다. 찬혁이 꿈속 같은 빛살 속에 서 있었다. 아니, 나만 그렇게 느꼈는지 모르겠다. 찬혁이 나타나자 내가 있던 곳이 갑자기 찬란해졌다고……. 찬혁은 깔끔한 흰색 셔츠와 다림질 선이 또렷한 밝은 톤의 바지를 입고 있었다. 간절하게 보낸 텔레파시가 통한 것이다!

"자, 박카스."

"아…… 네."

잘생긴 얼굴, 빛을 받아 반짝반짝 빛나는 머리카락, 그런 찬혁의 모습을 바라보면서 박카스를 받았다. 박카스를 든 손이 시원하다. 괴물 해결사며, 알바며, 공부 문제며. 내 앞에 놓인 문제는 산더미 같았지만, 이 기분을 꺼뜨릴 수는 없었다.

"그거 마시면 강으로 뛰어들고 싶은 맘이 잠들 거야."

무슨 말인가 싶어서 바라보자, 찬혁이 웃고 있었다. 찬혁과 눈이 마주치자 가슴이 덜컹했다. 황급히 강으로 시선을 돌렸다.

"자살을 꿈꾸는 것 같기에."

부드러운 목소리가 내 마음의 암흑에 비쳐 들어왔다. 차가운 늪에 비치는 따스한 빛살처럼. 찬혁은 내 손에 들려 있는 박카스를 빼앗더니 뚜껑을 따서 들려주었다. 물기가 맺혀 있는 갈색 유리병. 차가워서 마시면 속이 시원할 것 같았지만 마시는 걸 주저했다.

'이건 노인들이 애용한다는 강장제인데, 젊은 사람이 왜 마실까?'

고개를 갸웃거리며 박카스를 마셨다. 찬혁이 준 거니까, 찬혁이 손수 뚜껑을 따준, 세상에서 단 하나밖에 없는 특별한 박카스니까. 박카스, 카스, 키스, 키스……. 아, 미치겠다. 단숨에 마시려다 홀짝이고 말았다. 달그작작한 맛이 원망스러웠다. 으, 이 맛 진짜 싫다, 싫어. 차라리 쓴맛이 훨씬 낫다고.

'노인네들 입맛에 맞춘 거라 어쩔 수 없어! 그만큼 인생이 쓰다는 얘기겠지.' 말하던 엄마를 떠올리는데 찬혁이 말했다.

"살고 싶은 힘이 생기지?"

"네? 네."

톡 쏘는 맛도 없고, 특유의 묘한 단맛이 싫었다. 하지만 고개를 끄덕였다. 솔직히 박카스는 싫지만, 찬혁이 줬다는 사실만으로 왠지 점점 살맛이 났기 때문이다.

"그렇지? 우리 엄마도……. 고개를 들어요. 그리고 날 봐요. 우는 마음 아프지만 내 마음도 아프다오. 고개를 들어요. 한숨을 거두어요. 노래하시면서, 내 이름을 부르면서, 이걸 마시면서 오랜 세월을 버텨내셨거든."

찬혁은 그 이상 아무 말도 하지 않았다. 남은 박카스를 들고서 강을 바라봤다. 그 모습은 왠지 쓸쓸해 보였다. 어쩌면 내가 뭔가 얘기를 꺼내기를 기다리고 있을지도 모른다. 어떡하지? 해결사 말을 할까? 급한 고민은 알바 문제이니까……. 뭐, 전부 어두운 이야기이라 둘 다 우울해질 거였다. 역시 언니 얘기밖에 할 게 없다. 언니는 집안 얘기를 타인에게 늘어놓는 것을 좋아하지 않는다. 그건 나도 마찬가지고. 찬혁에게는 나도 낯선 사람에 속할지 모른다. 아닌 게 아니라 이제 겨우 세 번 만났을 뿐이다. 그렇다고 생각하니 좀 슬퍼진다……. 흑흑.

찬혁은 대체 나를 어떤 존재로 생각하고 있을까? 생각이 꼬리에 꼬리를 무는 동안 점점 할 얘기가 도망가고 있다는 사실을 깨달았다. 이대로 생각만 하다가는 결국 아무 얘기도 못할 것 같았다.

"언니가 알바를 할 생각이에요."

뭐라고 말을 꺼내야 좋을지 몰라서 일단 그렇게 입을 뗐다. 찬혁이 나를 돌아봤지만 나는 그의 얼굴을 바로 볼 수가 없다. 적절한 말을 골라 하고 싶었기에.

"도희가 말한 엄청 예쁘다는 언니?"

"네, 갑자기 사정이 어렵게 돼서 이곳까지 이사 온 거고…… 알바를 결심한 거예요. 아, 물론 결정한 건 아니지만, 나도 같이 할까 고민 중이고요."

"응."

"언니는 자신만만해 하지만, 사실은 겁내는 것 같고…… 나도……."

"응."

"언니는 못하게 하겠지만, 그래서 고민하지만, 언니는 나 없이 못할 거구……."

"응……."

찬혁의 '응…….'이 부드러워서 박카스 병을 꼭 쥐었다. 그가 내뱉은 '응'이라는 단어가 너무나도 감미로워서 가슴속에 그 말이 딱! 하니 꽂혔다.

'아, 이 사람은 어쩌자고 이리도 부드러운 응답을 한단 말인가.'

목이 타서 박카스를 벌컥 마셨다. 그래도 그의 '응'은 내 속에서 떠내려가지 않았다. 위에 박카스의 단맛이 퍼지고 찬혁의 '응'이라는 말이 빙글빙글 맴돌았다.

"지원이네 사정이라든가 부모님은…… 잘 모르지만, 부모님께 비밀로 하면 안 된다고 생각해. 상의하면 더 나은 방법이 나올 수도 있거든. 그걸 떠나서 알바를 의논 없이 하는 건 부모님을 더 슬프게 하는 일이야."

지당한 말이었다. 지금까지 백 번도 넘게 생각해온 찬혁이 그 말을 했다는 사실만이 특별해졌다. 언니와 나는 학생이다.

누가 뭐라 해도 그 사실은 달라지지 않는다. 지금까지의 환경에서는 그게 매우 지당한 얘기다. 하지만 내가 찬혁에게 꺼내지 못한 우리 집 사정이 있지 않은가.

"그……렇죠. 저도 그렇게 생각해요."

박카스는 별로였지만, 그에게 진심으로 고개를 끄덕였다. 응,이라는 단어를 발음할 때 퍼져나가는 숨결, 사람들의 말소리가 점점 멀어지고 포근하고 편안한 기운이 내 몸을 감쌌다. 두물머리 느티나무의 시원한 그늘. 느티나무 잎사귀 사이로 햇살이 반짝이고, 살결에 와닿는 바람결이 부드럽다.

찬혁이 두물머리 느티나무의 유래를 말하고 있다. 난 두물머리 전설 따윈 관심도 없다. 알 게 뭐야, 그깟 옛날 일. 중요한 건 현재. 오늘, 지금 그와 함께 있다는 사실이었다. 찬혁이 어디론가 문자를 날렸다. 내 휴대폰에 진동이 울렸다. 습관적으로 움찔했다. 해결사나 사채업자들? 다행히 분위기를 깰 사람은 아니었다. 바로 찬혁이었다. 우와, 센스 진짜 귀엽다!

- 나랑 더 놀 시간 있는감, 공주님?

- 넹.

- 이른 저녁 먹고 와서 사진 찍자.

- 넹.

갈 거예요. 무슨 일이 있어도 반드시! 고백이 아니어도 상관없었다. 곁에 있으면서도 보낸 그의 문자에 나도 모르게 붕붕 들떠갔다. 제발 분위기 파악 좀 하자, 어지원. 지금 네 상황에 이렇게 행복해도 되니? 라는 생각이 끼어들었다. 그러자 로맨틱한 기분이 엉망이 되었다. 그러나 그쯤에서 꾹 누르고 걸었다. 어디로 가는 걸까. 뭘 먹으러 가는 걸까 생각한 사이에 양수리에 도착해 있었다. 풋, 그와 저녁을 같이 먹는다는 생각만으로 입이 벌어졌다.

"데이트 신청한 걸로 착각하는 거 아니지? 착각은 시간이 막 가는 소리래. 혼자 밥 먹기 싫어서 같이 먹자고 한 거얌. 얌, 얌."

오랜 친구처럼 농담을 건네는 말에 더 설레었다. 그는 나에게 묻지도 않고 기와집으로 된 식당 앞에 섰다.

"이 식당 올갱이국 먹어봐. 속이 확 풀려. 입맛 없을 때마다 여기 와서 집밥의 그리움을 해결해. 난 요리 잘하는 여자랑 결혼할 거야. 올갱이국 잘 끓이는 여자랑."

아직은 젊디젊은 남자의 이 인간적인 결혼관이라니. 한옥을 개조한 식당에서 우리는 마주 앉아 식사를 했다. 맛있게 먹는 그의 모습은 정말이지 감동이었다. 참 못 말리는 나다. 이야깃거리가 끊이질 않고 떠올랐다. 마치 예전의 나로 돌아간 듯했다. 그는 웃기도 잘 웃으면서 사진 이야기를 했다. 사진영상학

과를 작년에 졸업한 후 여러 곳을 여행한 그의 경험담을 들으며, 같이 사진 찍는 상상을 했다.

올갱이국도 맛있지만, 거기에는 맛있는 올갱이국 이상의 무엇이 있었다. 국그릇에서 올갱이를 낚시질해 건져 올리며 깔깔거렸다. 이른 저녁을 먹은 우리는 다시 두물머리로 갔다. 풍경에 담긴 활기 같은 것이 나에게 말을 걸어왔다. 사채업자에 대한 두려움도 사라지고, 시간이 흐르는 것만 아쉬웠다. 어쩌면 나는 가족이 아닌 사람에게 굶주려 있는지도 모르겠다. 이렇게 사람과의 만남에서 삶이 변하는 모양이리라. 손을 꼭 잡아준 것도 어깨를 안아준 것도 아닌데, 부드러운 담요에 감싸여 있는 듯한 느낌이었다. 모두가 가슴이 따뜻한 사람을 만나고 싶어 하는 이유가 여기에 있는 것이리라. 그래서 삶은 눈물겨울수록 아름답다는 것인가?

그런 삶의 아름다움이 배어나오는 사진을 찍고 싶었다. 그래서 따로 또 같이 사진을 찍다가 벤치에 앉았다.

"지원아, 렌즈를 통해서 본 세상이 정말 아름답지?"

찬혁이 자신이 찍은 피사체들을 보여주었다. 대체 이 사람은 어떤 가정에서 살기에 이렇게 밝고 완벽할까? 묻고 싶은 게 가득했다. 그래서 엉뚱한 걸 물었는지도 모른다.

"처음부터 절 따뜻하게 대하셨는데, 의도적인 거예요?"

"누군가 우는 걸 보고 흔들리지 않을 사람은 없겠지. 처음엔 그게 걸렸는데, 눈물이 그렁거리는 눈과 마주친 순간, 그 순간을 뭐라 말해야 할까? 가슴이 덜컹 내려앉았어……. 딱 맞는 표현이라고 하기엔 좀 그렇지만."

'가슴이 덜컹'이라는 말에 고마움이 밀려왔다. 애초의 결심과 달리 마음이 열려서 입을 열었다.

"왜 울었는지 아세요?"

놀랍게도 난 찬혁에게 모든 것을 털어놓았다. 만난 지 몇 번되지 않은 사람에게. 이야기할 사람이 필요했나 보다. 아빠의 사업 실패와 사채업자들의 횡포와 그로 인해 벌어진 일. 그런 사연 때문에 이곳으로 이사 올 수밖에 없었다는 사연. 중간 중간 흐느끼며 말을 이었다. 상황이 물 위로 떠오르는 느낌에 조금은 후련했다.

'나는 도대체 뭘 기대하고 이따위 얘기를 하고 있는 걸까? 뭘 원해서…….'

이 사람 때문에 벌어진 일도 아닌데, 이 사람이 해결할 수 있는 일도 아닌데, 힘들었던 마음이 치밀었고 동시에 창피하기도 했다. 슬픈 얼굴을 들키는 게 난감해 고개를 숙였다. 그가 가만히 어깨를 둘렀다. 포근했다. 그간 겪은 환란이 사라지는 듯했다.

"내가 아빠처럼 편해도 허전함이 메워지지 않는다는 거, 아빠가 계셔도 지원이가 감당할 몫은 있고, 그건 나도 도와줄 수 없는 거야. 원래 사는 게 그런 것이라는 거 눈치챌 만큼은 컸지?"

그 말에 눈물이 주르르 흘렀다. 아빠에게 기대고 싶은 맘을 그에게 기대하고 있다는 걸 눈치챈 모양이었다.

"아무리 울보여도 그렇지. 울면 더 기운 빠져."

그는 꾸중 듣는 아이처럼 푹 숙인 내 얼굴을 바로 세웠다.

"힘들지? 슬픔이 그대의 삶으로 밀려와 마음을 흔들고, 소중한 것들을 쓸어가버릴 때면, 그대 가슴에 대고 다만 말하라. 이 또한 지나가리라! 행운이 그대에게 미소 짓고 기쁨과 근심 없는 날들이 스쳐갈 때도, 이 진실을 가슴에 새기라. 이 또한 지나가리라! 'This too shall pass away.' 내 좌우명이야, 어때?"

"대박. 좋아요. 어디서 유래된 거예요?"

"응, 성경 해석에 나온 글귀인데, 다윗왕이 세공인에게 반지를 주문하면서 승리의 순간에 자만하지 않을, 절망 중에도 용기를 낼 수 있는 글을 새겨달라고 주문했대. 세공인은 고민스러웠지. 그래서 지혜로운 솔로몬 왕자에게 도움을 청했겠지? 솔로몬이 알려준 글귀야. 즐거울 때도 힘들 때도 내 가슴에 대고 주문을 외워, 이 또한 지나가리라! 삶에 관한 숱한 말들 중에 가장 진리에 가깝다고 생각하면서, 이 또한 지나가리라!……"

"이 또한 지나가리라!"

주문을 외는 그에게 어떤 말도 건넬 수 없었다. 시원스레 잘 웃고, 입가에 따뜻한 미소를 언제나 걸고 다니는 이 가슴 따뜻한 사람에게도 남들이 모르는 힘든 일이 있는 것이리라. 그도 한세상을 살아나가야 하는 나와 똑같은 인간이므로. 그의 그런 모습이 오랜 고통을 통과한 사람처럼 보이므로 더욱.

"학생이니까 공부만 생각해. 나머지는 어른들이 해결할 문제야. 사업 실패. 사채업자들. 그런 건 어떻게든 해결돼. 신경 쓰고 울면 몸이 망가져. 그런 것을 해결하기엔 넌 아직은 어리고, 어린 만큼 부자야. 사채업자도 빼앗아 갈 수 없는 청춘이라는 보물을 갖고 있잖아. 내가 그런 일들 많이 봤기 때문에 좀 알아. 하여튼 내가 옆에서 지켜봐줄게! 힘들 때면 나처럼 심호흡을 하면서 주문을 외면 도움이 될 거야. 이 또한 지나가리라!"

그리고 카메라를 만지작거렸다.

나는 꼼짝할 수 없었다. 그에게 털어놓았다는 사실보다 그가 보여준 모습이 따뜻한 그의 품으로 느껴졌기 때문이었다. 그가 내 얘기를 경청해주었다는 사실이 무엇보다 기뻤고, 그의 좌우명 또한 무한한 힘으로 다가왔다. 확실히 시작되고 있었다, 사랑이라는 것이. 현실감이 없어서 꿈을 꾸고 있는 느낌이 들긴 하지만, 사랑과 처음 맞닥뜨렸을 때의 기분을 알 것 같다. 그건 분명 따뜻함에서 시작된다. 그의 따뜻함이 바로 사랑일 거다. 그러므로 내일부터 달라지리라. 그에게 잘 보이기 위해서가 아니라, 나 자신과 우리 집을 위해. 그러면 그도 나를 좋아하지 않을까, 라는 기대가 없다면 거짓말이겠지만. 그의 따뜻함을 그대로 새기고 싶어서 벤치에서 꼼짝도 하지 않았다. 물론 그가 포근히 안아준다고 해도 해결될 사안은 없다. 나의 처지를 안다고 해서, 그가 해결해줄 수 있는 게 없지 않은가. 어린 시절 놀이동산에서 제아무리 즐겁게 놀다 와도 숙제는 그냥 남아 있듯. 울어도, 답답해도, 그에게 기대도 해결되는 건 없으니까.

'그래, 아빠와 똑같은 따뜻한 눈빛과 자상한 분위기였어.'

나는 그에게 좀 더 머리를 기울였다. 찬혁은 그런 나를 보고 싱긋 웃었다. 한 사람이 다른 한 사람에게 줄 수 있는 행복의 최대치는 과연 어느 정도일까. 같이 있어서 좋았고 사진을 같이 찍어서 더 좋았다. 그가 등을 토닥여주었다. 따뜻한 기운이 온몸으로 퍼졌다. 툭. 남아 있던 가슴의 끈이 떨어져 나갔다. 프러포즈라도 받은 듯 얼굴이 달아올랐다. 물론 차가운 이성이 한없이 부풀어 오르는 마음을 붙잡아 매려 했다. 그래도 어쩌겠어. 내가 그의 사랑을 느낀다는데.

강의 북쪽 북한강은 남한강보다 남성적이라는데 어떤 풍경일까? 도로를 공사하느라 길이 벌건 속살을 드러내고 있을지도 모른다. 보이지 않는 것, 가보지 않은 곳은 우리를 두렵게도 하지만 설레게도 한다. 보기만 해도 가슴이 두근거리는 이 남자, 그와 지금 함께 있다. 그는 우리 사이에 끼어 있는 불순물을 쓸어내리기라도 하듯 등을 쓸었다. 언젠가 내가 사랑이라는 주제로 사진을 찍게 된다면 포옹으로 녹아내리는 남녀의 모습을 찍고 싶다. 천천히 숨을 내쉬며 사진의 컷을 상상했다.

첫 번째 컷, 서로를 따뜻한 눈길로 바라본다. 두 번째 컷, 두 팔로 목을 부드럽게 껴안는다. 세 번째 컷, 눈빛이 겹쳐서 포옹하는 순간을 클로즈업 시켜서 찰칵!

찬혁아~, 산책로에서 누군가 그를 부르며 손을 흔들었다. 나는 확 달아나는 달콤함을 잡지도 못한 채 여자를 바라보았다. 뽀얀 피부에 긴 생머리, 앳된 얼굴의 여자에게 화염이 뿜어져나갔다.

"지원아, 인사해. 내 친구야."

"아, 안녕하세요."

"반가워! 사진한다는 동생이구나. 얘기 들었어."

여대생의 풋풋함이 배어나는 시원스런 생김새에 몸매까지 짱이다. 외모에서 우열이 갈리는 건 그리 유쾌한 상황이 아니다. 딱 보는 순간 열등하다는 걸 깨닫고 상대를 대할 때의 기분, 한마디로 위축이다. 보기만 해도 가슴 두근거리는 찬혁이 옆에 있으니 위축이 우울 모드로 변환되었다.

"둘이서 영화 찍은 건 아니지? 그치? 한 쌍의 바퀴벌레처럼 다정해 뵈던데."

카메라의 삼발이를 세우는 그를 지켜보며 여자가 말했다. 그가 별다른 대꾸 없이 웃으면서 카메라만 만지작거리자, 여자가 장난을 걸었다. 카메라 앞에서 무릎을 꿇을 듯, 마치 배우가 청혼을 하는 듯한 모습이었다.

"나와 결혼해줘요. 그리고 앵앵 날개를 부비는 파리를 타고 날아가버립시다!"

여자가 연극하듯 행동을 하자, 그가 하하하 시원스레 웃으며 여자를 붙잡아 세웠다. 부러웠다. 나도 따라 웃었다. 신경이 곤두서 있다는 걸 감춘 것이다. 매력적인 분위기로 사람을 물렁하게 만드는 여자, 두 사람은 잘 어울렸다. 그들 옆에서 한 발자국 뒤로 물러났다. 그러자 그가 내 손을 끌어당겨 곁에 세웠다. 순간 확 열이 올랐다. 열등감을 느꼈건, 나이 차이에서 오는 이질감에 충격을 받았건, 제쳐두고라도 동질의 문화를 공유하고 있는 두 사람 사이에 서 있는 일이 피곤했다. 그가 여자와 함께 있어도 그저 바라봐야만 하는 나는 고딩. 나의 위치는 명확했다.

'그는 여자 친구와 함께 있다. 그렇다면 상황 끝. 그들과 함께 있는 건 페어플레이가 아니다. 불운한 척 수렁에 빠지는 건 아무짝에도 쓸모없는 짓!'

고스란히 받아들이기로 했다. 그에게 여자 친구가 있다는 사실을. 그리고 여고생과 성인이라는 나와 그의 차이는 치명적이라고.

사랑은 항상 제멋대로 뒤죽박죽인 게 분명했다. 감정은 이성보다 예민하고 이기적인 편이었다. 아, 나도 어른이었다면. 웬만해선 마음이 뒤죽박죽 안 되는, 그의 앞에서도 냉정할 수 있는 어른! 어른은 사랑 앞에서 꼿꼿한지 어쩐지 생각하다가 그만 집에 가겠다고 했다. 찬혁이 같이 아이스크림 먹으러 미니 카페에 가자고 했다. 아무것도 먹고 싶지 않았다. 고개를 저었다. 찬혁이 데려다주겠다고 하자 여자가 뭔가 어정쩡한 표정으로 물었다.

"야, 내가 왔는데두, 데려다까지 줘야 해? 응?"

그가 어수선해진 표정으로 손을 놓았다. '집까지 데려다줘요.'라는 말을 억눌렀다. 바보 같은 나. 왜 하고 싶은 대로 못하는 거야. 그가 여자 친구와 함께 있으니까 가슴이 오그라드는 것 같아. 마치 심장 아래에 불이 있어 바짝바짝 타들어가는 것 같은 기분이라고. 엉뚱한 말이 튀었다.

"저 어린애 아니에요!"

내가 톡 쏘듯 말하자, 찬혁이 무르춤하더니 웃었다. 웃음을 대답으로 알고 인사하고는 내달리다시피 산책로로 향했다. 아무렇지 않은 척 산책로를 걷다가 집으로 가려고 하니, 이런 기분으로 집에 가고 싶지가 않았다. 아, 어디로 가야 하나, 어디로……. 산책로 땅만 보고 걸었다. 개애뿔, 아름다운 이런 산책로 따위 뻑큐나 먹으라지. 눈앞의 돌멩이 옆에 음료수 깡통이 떨어져 있었다. 문득 할아버지가 재활용품을 줍던 모습이 떠올랐다. 남들은 잘 사는 것 같은데, 확 짜증이 치밀었다. 씨바! 깡통을 걷어차버렸다.

"아얏!"

나만 소리친 게 아니었다. 날아간 깡통에 맞은 반대편 사람이 소리친 거였다. 슬리퍼를 신은 나는 돌에 발이 부딪치는 바람에 아팠고, 깡통을 맞은 사람은 찬진이었다. 찬진과 도희가 앞서거니 뒤서거니 걸어오는 걸 모르고 있었던 거다. 둘은 나인 것 같다, 아니다 하면서 아이스크림 내기를 했다고 한다.

"미안해."

"난 안 맞았으니깐 괜찮고. 찬진이는 같은 빈 깡통족이니까 괜찮아, 그치? 너 사진 찍으러 갔었어? 찬혁 오빠도 만났겠네?"

도희의 여러 질문에 대답을 못했다. 눈앞의 친구와 찬혁의 사촌 동생인 찬진에게 찬혁에 대해 어떻게 반응해야 할지를 고민하다 고개를 끄덕였다.

"그럴 줄 알았다니까, 그럼 우리 언니도 봤겠네?"

"…… 너네 언니?"

아무리 생각해봐도 모르겠다. 도희는 내가 어떻게 자기 언니까지 안다고 생각할까? 언니가 있다는 얘기를 들은 적이 없는데.

"그렇게 물으면 어떡해? 지원이는 누나를 모르잖아. 이렇게 물어봐야지. 찬혁이 형이 여자 친구랑 같이 왔었어?"

찬진은 찬찬했다. 하지만 나는 이야기를 단편적으로 이해해서, 그냥 고개만 가로저었다. 여자는 따로 왔으니까, 같이 온 건 아니지 않은가.

"뭐, 그건 상관없고. 우리랑 더 놀면 안 돼? 문자 날리려던 참이었어. 오늘 언니랑 찬혁 오빠, 찬진이랑 맛있는 것 먹고 노래방 가기로 했거든. 그래서 두물머리에서 만나기로 한 거야."

도희가 이런 친구란 건 알고는 있었지만.

"그, 그렇구나. 찬혁 오빠의 여자 친구가……."

"그래, 우리 언니가 쏘는 거야. 생일이라 용돈 받아서 돈 걱정할 거 없거든."

이렇게 이야기는 끝났다. 그러니까 아까 찬혁의 여자 친구가 도희의 언니였던 거다. 찬진과 도희가 친하듯 그들도 그리 만났으리라. 나는 끝내 도희에게 그들이 진짜 연인인지는 묻지 않았다. 상상이 되었기 때문이다. 그러므로 그들과 노래방에는 못 갈 일이었다. 사실은 찬혁에게 내 노래 실력을 보여주고 싶은 생각이 간절한데. 오늘은 내 번민만으로도 벅차서 "같이 가면 좋은데." 하고 아쉬워하는 찬진의 기분까지 헤아려 줄 수 없었다. 거기로부터 뛰면 몇 십 분이면 될 집까지 나는 천천히,

천천히도 걸었다. 그렇게 넋이 나간 듯 걷는데, 뒤에서 오토바이 경적이 울렸다. 찬진의 스쿠터였다.

"태워줄게."

나는 손을 내저었다.

"이 오토바이는 면허 없이도 탈 수 있는 가정용이니까 안심해도 돼."

"흔들리는 것에 약해……. 핑핑 눈이 멀미해."

"그런 이유 처음인데? 정말로 눈이 멀미하는지 보고 싶다."

찬진이 환히 웃었다. 오토바이를 내 곁에 갖다 댔다. 킥킥, 웃으며 오토바이에 올라탔다. 찬진의 티셔츠를 붙잡을 수밖에 없었다. 내 기분을 눈치채서 따라와 준 것이리라. 해맑고 소박하다는 말이 딱 어울리는 고딩의 모습이었다. 시원한 그늘을 내주는 나무가 떠올랐다.

"부탁할 거 있으면 언제든지 콜해. 번호 알지?"

나는 미소 지었지만, 계속 웃는 각시탈을 쓴 기분이었다. 찬진은 더위에 지친 사람에게 바람을 부채질해주는, 어떤 대가를 바라지 않는 그런 나무 같았다. 하지만 계속 떠오르는 건 찬혁이었다. 아쉬움에 두물머리를 돌아보았다. 햇살은 이미 흔적도 없고, 금색이었던 빛은 어스름으로 녹아들어갔다. 드문드문 빛을 발하는 양수리의 불기둥이 떠오를 것 같아, 그 모든 것이 꿈처럼 부옇고, 강물도 거무죽죽한 게 인공적으로 보였다. 내 마음속의 밝은 부분이 두물머리에만 머물러 있는 듯 휑했다.

◆ ◆ ◆

"잠들었는데 왜 깨워."

"알잖아……. 누구든 널 힘들게 하면 언니가 가만 안 둘 거라는 거."

나는 어둠을 응시했다. 언니가 나를 물끄러미 바라보고 있었다. 괜히 언니까지 걱정시키고 있는 거다.

"사랑하면 늘 행복할 줄 알았는데, 괴로워."

"똥을 싸라, 싸."

"어쩌라고. 할아버지 왈, 얄궂게도 인간은 원하든 원하지 않든 인연의 끈으로 이어져 있어서 자신의 행복에만 몰두하는 사람은 결국 괴로움에 빠지게 마련이라는 말까지 하지 그래."

언니는 잠시 생각에 잠기는 듯했다.

"맘 붙일 데가 없을 때 하는 사랑은 자기의 감정인 사랑을 싸랑하는 거래. 자기가 꿈꾸는 사랑을 격하게 할 뿐이라는 거지. 그러니까 너무 괴로워 마."

"개애뿔, 나도 이러는 내가 싫다고."

"누구도 어쩌지 못하는 치명적인 열병이지만, 언제 아팠는지도 모르게 한순간에 자리를 털고 일어난다고 해. 금방 지나간다고."

"…… 불행 중 다행이네."

그렇게 말하는데 눈물이 고였다. 이유를 알 수 없는 눈물이었다. 눈을 꼬옥 감고 길게 호흡했다. 그리하면 내 안의 열기가 빠져나가서 덜 아플 것 같았다. 그렇게 찬혁과 도희네 언니의 모습을 몰아내려고 밤새 노력했다. 하지만 노력으로도 전혀 달라지지 않는 것 또한 사랑이라는 거였다. 한편으로는 우리 집 사정 때문에 이리 괴로운 건 아닐까? 로또를 얼마만큼 사면 예전처럼 살 수 있을까? 그러려면 언니한 테 떼써서라도 알바를……. 몸이 새까맣게 타들어갔다. 밤새 꿈길을 헤맸다.

6

　그리고 목요일이 되었다. 나는 화장실이 급하다. 큰 걸 빼내야 하는데 나올 듯 나올 듯 나오지 않아서 화장실을 들락거렸다. 그러면서도 노래를 연습했다. 심지어는 언니한테 콧소리로 말하게 했다. 언니는 준비가 완벽하다고 했지만 나는 뭔가를 더 열심히 해야 될 것만 같았다. 오후가 다가올수록 진정이 안 됐다. 산다는 게 뭐 이럴까, 참 거지같다. 두려움과 걱정스러움으로 머리를 벅벅 긁어댔다. 언니는 머리칼만 자꾸 쓸어 올렸다.

　어제 우리는 밖에 나가지 않았다. 이 집에서 살기 시작하면서 점심을 먹자마자 책을 들고 강가를 어슬렁거리며 시간을 때웠다. 허접쓰레기 같은 집에 있기 답답해서 공부하러 도서관에라도 가는 척해야 했던 거다. 그런데 마음의 갈피가 잡히지 않은 거였다.

"그 아저씨 나쁜 사람 아니겠지?"

"우리는 돈이 필요해."

"하지만 엄마나 할아버지가 알면 기절할 거야."

"그것 말고 돈을 벌 수 있는 방법이 없잖아……. 알바비를 그동안 모아놓았던 돈이라며 살림에 보태라고 드리면 더 오래 버틸 수 있겠지. 그런데……. 아무리 생각해도 나 혼자는 못가겠어. 오늘만 같이 가줘. 그러면 덜 겁날 것 같아."

"같은 생각이야! 어떤 곳인지도 모르는데 언니만 보낼 수 없어. 나 혼자 집에서 언니를 기다리다 바짝바짝 신경이 날카로워져 쇠꼬챙이가 될 거고. 가서 아니다 싶으면 같이 돌아와버리면 돼."

"그치?"

"같이 가는 거야!"

결론이 난 거다. 머릿속 정리 끝.

인간은 대부분 삶을 사는 것보다, 삶을 고민하는 데에 더 많은 시간을 보내는 건 아닐까? 꼭 그런 것 같다. 그러므로 나는 우리가 빚을 갚으려고 그 일을 하려는 게 아니라는 걸 알고 있다. 강철이 아무리 우리에게 강요해도 우린 그 빚을 책임져야 하는 어른도 아니고, 엄마에게 말하면 강철과 맞닥뜨릴 문제는 비껴갈 것이다. 물론 우리에겐 돈이 절대적으로 필요하긴 하다. 그렇긴 해도 다른 이유에서 이 일을 하려는 거다. 우리의 무의식이 간절히 원하는 다른 어떤 이유로. 우리는 당장의 시간을 견뎌내야만 했다! 그래서 뭐든 해야만 했다.

날이 저물고 있었다. 막상 저녁이 되어가자 더 불안해졌다. 엄마 몰래 이런 일을 하면 안 될 것 같았다. 이 일로 어떤 세계가, 일이 펼쳐질지도 겁났다. 그래서 그런지 행동이 평소보다 많이 느렸다. 식탁에 독서실에서 밤늦게 돌아온다는 메모를 할아버지께 써 놓고 나왔다. 우리는 할 일 없는 사람들처럼 느릿느릿 걸었다.

"아, 안 되는데."

전화요금을 내지 못해서 언니 휴대전화가 끊기고 말았다.

"이놈의 집은 되는 일이 없다니까, 빨리 알바를 해야겠어. 그 아저씨한테 전화해."

알바를 해야 할 확실한 이유가 생겨서 속이 다 시원하다. 어디 시원하다 뿐이겠는가. 그 일에 대해서 더 이상 고민하고 말 것도 없었다. 내 휴대폰으로 강철에게 전화했다.

"좀 더 일찍 전화했어야지. 난 성질이 급해서 기다리는 걸 못해."

"이런 일 한다는 게 어떤 건지 아시잖아요. 언니가 큰길 버스정류장에 있겠대요. 데리러 오시는 동안."

나는 강철이 전화 너머에서 미소 짓고 있음을 느낄 수 있었다.

"저 없인 아무것도 못한다고 동업자인 제가 보호자로 따라

간다는 조건이래요."

"동업자든 보호자든 좋아, 얼굴이랑 옷이랑 고딩 티 안 나게 예쁘게, 알지? 가명도 지으라고 해."

지극히 상업적인 말투, 우리 집에 왔을 때하고는 또 달랐다. "우리 상부상조하기로 하자!"라는 말을 끝으로 강철과의 전화는 끊어졌다. 다 끝났다! 언니는 오늘부터 노래방 도우미다. 지금이라도 결심을 바꾼다면 그냥 이대로 강가나 맴돌다가 집 구석에서 더위와 싸우며 나날을 보낼 수도 있다. 아니, 결국엔 수락하고 말 것이었다. 우리의 현재 상황에서 무얼 선택하고 말고 할 수 있는가를 생각해보면…….

이사 오기 전 집에 들이닥친 사채업자들 때문에 밤잠을 설쳤다. 그들은 꿈속에까지 등장해 내게 담배연기를 뿜어대거나 목을 조였다. 깊은 밤이나 새벽녘에 그들이 돌아가면, 구겨진 종이처럼 앉아 엄마는 울음을 꿀꺽꿀꺽 삼켜댔다. 엄마는 죽은 사람처럼 창백했다. 그런데도 우리를 숨이 막히도록 끌어안다가 쓰러져 갔다. 온 식구가 쓰레기더미에 쑤셔 박힌 것보다 힘들었던 그때보다야, 노래방에서의 일쯤이야 알게 뭐람? 우리가 겪었던 일보다 꺼림칙하고 무섭겠어? 돈을 벌고 빚도 갚아 나갈 수 있어서 엄마의 숨통이 조여지는 일이 없을 거라는 것을 알 뿐.

언니는 예쁜 옷을 사고 싶다고 했다. 더 예뻤으면 좋겠다고,

화장품도 더 갖고 싶다고 했다. 가게 이곳저곳을 쉬지 않고 바라보았다. 이제껏 저런 언니를 본 적이 없다. 언니 눈에는 보이는 걸 갖고 싶어 하는 염원들이 서려 있었다. 그러다가 뛰다시피 강가로 갔다. 나는 언니에게 달려가 팔을 잡아당겼다. 돌아본 언니의 눈에서 눈물이 주르륵 흘러내렸고 동시에 언니가 소리쳤다.

"이렇게 구질구질하게 살 수 없어. 내가 나서야 해……. 엄마는 나날이 말라가고, 할아버지는 줄곧 풀이 죽어서 재활용거리를 찾아다니고. 아빠는 돌아가셨는지 살았는지, 어디서 뭘 하고 있는지 알 수도 없어."

언니는 손등으로 눈물을 닦고 입술을 이빨로 물었다 떼었다.

"집이 지금 이 모양이야. 우리가 정신 똑바로 차려서 뭉개진 자존심을 되찾는 거야."

"우리가 해낼 수 있을까?"

"못 해내면 죽는 거야."

언니는 내게 얼굴을 바짝 들이대고 이 말을 던졌다.

나는 고개를 끄덕였다. 내 팔을 언니의 팔에 걸었다. 도시로 내달리는 차들을 바라보았다. 우리에게 쏟아져 내린 운명에 맞서기 위해 서로 단단히 각오를 다지는 느낌이었고, 언니가 몹시 고민하는 것을 느꼈다. 점심을 먹고 나온 거였는데도 배고픔이 가시지 않았다. 허기가 점점 더 자라고 있었다. 나는 두물

머리를 바라보았다. 그가 와 있을 것 같은 예감에 뛰어가고 싶
었다. 아니, 왔어도 도희네 언니랑 있을 것이다. 상상만으로도
힘이 빠져나갔다. 흑흑……

강가 공원의 의자.

늘씬하고 예쁜 여학생과 통통한 여학생.

허기짐.

언니는 한동안 큰길을 노려보다가 정류장으로 가자고 했다.
큰길가 정류장에 막 도착했을 때, 검은 세단이 스르르 멈췄다.
강철이 손을 흔들었다. 우리는 자동차의 뒷좌석에 앉았다. 강
철의 함박웃음이 능글맞은 웃음으로 변했다. 그건 친근함과 기
분 좋음이 하나로 뭉쳐 폐허 속으로 굴러 들어가는 듯한 미소
였다.

도시로 나가는 동안 세상이라는 거대한 무덤이 우리를 조금
씩 집어삼키는 느낌이었다. 사실, 사채업자들로부터 시달린 이
후부터 나는 어떤 식으로든 그들에게 앙갚음하고 싶어 별별 보
복을 다 생각했다. 그러나 내 피 끓는 복수에 동참해줄 아빠도
무기가 될 그 뭣도 없었다. 그런데도 때 되면 배가 고파지고,
또 꾸역꾸역 밥을 먹어대는 인생이 엿 같아서 울컥울컥 화가
치밀었다. 하루아침에 뒤바뀐 내가, 우리 가족이 한없이 불쌍
하고 초라하게 느껴졌다. 사채업자와의 관계가 우리의 발목을
잡고 있었다. 아니, 우리의 심장을. 차가 덜컹거릴 때마다 맴돌

던 생각들이 부서져 흩어지곤 했다.

우리는 강철을 따라 걸어갈 따름이다. 언니는 고개를 바짝 세우고 걸었다. 나는 음식 냄새며 사람들의 냄새를 맡는다. 원시의 숲속으로 사냥을 나선 것 같은 열기다. 꿈틀거리는 생의 의욕이 살갗을 뚫고 나오려고 몸부림치고 있음을 느낀다. 노래방이 있는 건물 앞에 도착했을 때 간판의 불빛이 언니 얼굴에서 부서졌다.

"빨리 내려오지 않고 뭐 해?"

계단을 내려가던 강철이 뒤돌아섰다. 언니는 그 큰 눈을 동그랗게 뜨고서 이러지도 저러지도 못했다. 내가 나섰다.

"노래방은 저 위에 있는데 왜 지하로 내려가요? 여긴 노래주점이라고 써 있는데."

"똑같은 노래방인데, 반주에 맞춰 술과 노래를 즐길 수 있는 노래방이야. 주점노래방, 겁먹을 것 없어. 그게 그거니까."

강철이 팔을 끌어당기자 언니는 도살장으로 끌려가는 소처럼 딸려갔다.

"약속이 다르잖아요. 우린 그냥 노래방인 줄 알았다고요."

"성가시게 굴지 말고 빨리 와!"

노래주점으로 들어간 강철은 몇 개의 칸막이 방들을 지나 마지막 방으로 우리를 데려갔다. 여자들이 있었다. 진한 향수와 화장품 냄새가 났다. 그 냄새에 재채기가 나오려 했다. 손으로 스윽 훔쳐냈다. 언니가 맨 끝자리에 앉았고 큰 몸집의 여자가 문을 닫았는데, 주인이라고 했다. 내 옆에 있는 언니가 정 언니. 얼굴이 예쁜 언니 등 다들 언니보다 나이가 많았다. 화려한 화장에 옷을 세련되게 입어서 보는 것만으로도 주눅이 들었다. 모두가 호기심 어린 얼굴로 우리를 살폈다. 강철이 소개했다.

"어지혜야. 여러분과 같이 일할 동생이지. 얘는 어지혜의 동업자이자 보호자고."

그 말에 대기실의 모든 사람들이 필요 이상으로 야단스럽게 웃었다.

나는 불안한 눈초리로 언니를 쳐다봤다. 언니는 모른 체하지 않았다. 오히려 "겁낼 것 없어."라고 말하듯 미소를 지었다. 주인 여자는 그리 나쁜 사람처럼 보이지 않았다. 주인이 내 긴장이 재밌는 듯 찡긋 눈짓을 해보였다.

"처음이 힘들지! 오늘은 심부름하면서 분위기나 익혀라. 넌 언니가 심부름 잘하나 보고, 알겠지?"

나는 그저 고개를 끄덕였고 말을 한 건 지혜 언니였다.

"감사합니다. 동생까지 데려와서 죄송하고요. 동생이 원래는 왈가닥인데, 환경 변화 때문에 걱정이 많아져서 절 보호하는 경호 알바를 하러 왔어요. 알바비에서 좀 떼어주면 로또 사겠대요."

"그래? 그러면 청소라도 해라, 시급 쳐줄게. 이곳까지 와서 시간 죽일 필요 없으니까. 언제?"

"진짜 청소만 해도 알바비 주실 거예요? 감사, 감사합니다!"

나는 얼른 일어나 고개 숙여 인사를 했다.

"안 돼요! 동생한테 그런 일 시키지 마세요. 동생은 대기실에서 음악 들으며 절 기다리게 할 거예요."

"그건, 알아서들 하셔. 청소는 동생이 더 잘할 것 같은데? 그리고 넌 청소 알바 아닌 건 알지?"

"저요?"

언니가 활짝 미소를 지었다. 전혀 두려운 기색이 없었다. 아니면 적어도 그걸 드러내지 않으려 가면을 쓴 거였다. 언니를 보면 그걸 알아챌 수 있는데, 정말이지 언니는 내가 생각한 것보다, 아니 지금까지 알고 있던 언니보다 백 배는 강하고 똑똑해 보였다. 그리고 예뻤다. 적응력 또한 뛰어나서 이곳에 적응 못한다는 생각조차 들지 않았다. 어쩌면 도우미 일을 오랫동안 해온 것처럼 잘하고는 시급과 팁을 손에 쥐고 씨익 미소를 지을 것이다. 더 말하면 내 입만 아프지.

주인이 몇 마디를 더 내뱉었다.

"규칙은 알 거다. 언니들이 잘 가르쳐주고, 손님들에게 최상의 서비스로 다음번에도 찾도록 하는 것 잘 알지? 장사 망치지 않도록 말이야. 손님은 최고의 서비스를 원해. 그리 알고 행동하되 몸은 자신이 지켜야 해. 간혹 사이코들이 있으니까. 그럼 손님이 부르면 보자."

주인이 자리를 뜨자 지혜 언니의 옷자락을 붙잡은 사람은 강철이었다. 눈빛이 서늘해 보였다. 사채업계에서 채득한 눈빛에 인상 좋아 보이는 특유의 웃음까지 더해진 묘한 표정으로 경고했다.

"멋대로 굴면 가만 안 둘 거야. 알겠어?"

"알았어요."

"네, 라고 해."

언니가 머리카락을 쓸어 올렸다. 주제를 알고 살아야 덜 피곤한 법이다.

"네."

그제야 강철이 우리를 데리고 카운터로 갔다. 복도 양쪽의 방들은 여덟 개 정도 되었다. 강철은 주인에게 끝날 때 데리러 온다며 돌아갔다.

언니는 청소도 하고 손님을 안내하기도 했다. 손님들은 노래를 부르고 담배를 피우면서 왁자하게 떠들었다. 넥타이 부대들이, 남녀가 떼거리로 몰려왔다. 그들을 위하여 룸을 빨리 치워야 했다. 언니가 힘들어 보여서 말려도 따라다니며 도왔다. 그런 나를 본 주인은 시원하게 청소를 잘한다면서 나에게 청소 알바를 다시 얘기했다. 시급도 꽤 준다고 해서, 나야 당근 오케이였다! 탁자를 치우는데, 대기실에서 봤던 정 언니가 노래하는 소리가 들렸다. 웬 남자가 정 언니에게 팔을 걸치고 노래 부르는 걸 보고 지혜 언니에게도 그러는 모습이 머릿속에 그려졌다.

그렇다. 담배를 빨아들인 다음, 연기를 훅 뿜으면서 장난을 칠 것이다. 그런 생각을 하면서 탁자를 치웠다. 세상 떠나갈 듯 부르는 노랫소리, 비틀비틀 추는 춤, 맥주나 음료수를 머금은 입들. 그 모든 것들을 쓸면서 빙글빙글 돌아가는 붉은 기운의 조명등. 머리가 복잡해졌다.

◆ ◆ ◆

"언니, 우리가 어쩌다가 이런 곳까지 오게 됐지?"

"나는 이렇게 하기로 약속했어. 각오도 했고, 준비도 됐어."

"어떤 준비?"

"몰라 나도. 하지만 난 모든 걸 참아낼 수 있어. 자신에 대한 믿음과 홀로 설 수 있는 힘은 성공한 삶을 살아가기 위한 필수조건이라던 할아버지 왈이 떠올랐거든."

나는 나 자신에게 물었다.

'언니를 잘 도울 거야. 잘해야 해. 언니한테 받은 돈과 청소 알바비로 몽땅 로또 사야 하니까.'

"언니, 사실은 죽고 싶을 만큼 하기 싫지?"

"전화 걸기 전까진 하기 싫어 죽을 것 같았는데 이제는 아냐, 너는?"

"아까는 강으로 뛰어들고 싶었어. 하지만 참을래. 로또를 살 수 있으니까!"

거짓말을 해봐야 아무 소용없다. 노래주점에서 화장실 청소하고 있는 지금이 몸서리치게 싫다. 미치도록 싫어서 콱 죽어버리고 싶다. 하지만 나만 죽기에는 무섭고, 남은 엄마랑 언니, 가족이 걱정되어서 같이 죽어버렸으면 좋겠다는 생각이 자꾸 들었다. 아니다. 우리만 죽는 것도 무서우니까, 지진이 일어나서 그냥 한꺼번에, 자연스럽게 죽었으면 싶다. 그런 생각이 자꾸만 들어서 더 무섭다……. 그래서 로또만 생각하기로 했다. 우리의 희망인 로또 당첨! 까짓것, 그럼 세상 부러울 게 없을 것이다.

7

다음날 밤, 언니는 선택되어 갔다. 그걸 '간택'되었다고 했다. 그런 말로 하면 이곳에서 만난 언니들이 다 간택되고 없었다. 불금이라 손님이 많았다. 대기실에 있어도 룸의 흥겨움과 소란스러움이 귀를 때렸다. 화장실 청소하고 설거지하고 쉴 때였다. 주인 여자가 들어왔다.

"너도 뛰어야겠다. 강철 부탁이 아니었으면 널 이곳에 있게 하지도 않았을 텐데. 무슨 말인지 알지? 이 순간부터 넌 청소 알바가 아닌 여대생이야, 오케이?"

언니가 못하게 할 텐데, 어떡하지? 무엇을 어떻게 해야 할지 모르겠다. 아무도 그런 걸 가르쳐 주지 않은 채 뭔가를 하라고 한다. 노래 부르고 춤추면 되는 걸까? 그런 거면 자신 있는데도 손도, 발도 움직일 생각을 않았다. 언니는 어느 방에선가 자신이 맡은 역할을 해내고 있을 것이다. 언니 생각에 벌떡 일어났다. 모든 짐을 언니한테만 지게 하면 안 될 일이었다, 내가 더 튼튼하니까. 집에 있으라는 언니 말을 무시하고 따라온 게 잘한 일 같았다.

지금은 심부름이나 청소하는 알바가 아니다. 심호흡을 하고 룸으로 들어가려는데, 덜컥 문이 열려서 쏠려 들어갔다. 음악이 쿵쾅거릴 때마다 바닥이 들썩거리고, 리듬이 뼛속까지 스며드는 것 같았다. 몇 걸음 더 들어갔다. 부끄럼이 심장으로 달려가 팔딱거렸다. 주인이 탁자의 술이랑 안주를 살피며 소리쳤다.

"초짜 여대생이에요. 가수가 꿈이랍니다. 막내를 많이 사랑해주세요!"

일제히 쏠리는 눈길에 정신이 바짝 들었다. 손님들이 술을 마시다가 얘기하다가 쳐다보자, 얼른 마이크를 잡았다. 용기를 짜내어 노래를 부르자, 모두 박수를 치고 휘파람을 불었다. 내 노래와 춤이 그들을 즐겁게 해주는 것 같아서 부끄럼이나 낯설음이 나아졌다. 하지만 노래를 부르고 나자 자리에 앉히고 그들은 다른 것을 바랐다.

'참아야 해.'

나는 웃었다. 그리고 강철의 말대로 술을 마시는 시늉하다가 탁자 밑의 휴지통에 버렸다. '우리는 견뎌낼 수 있어!' 언니의 말이 맴돌았다. 우리 집에 닥친 불행을 기꺼이 받아들이

고, 그것과의 싸움을 강렬히 원한다고 믿을 테다. 고통을 느낀
다고 말하지 않을 것이다. 절대로. 이들의 기분을 맞춰주기 위
해 노력하는 동안 간절히 바라는 건 시간이 빨리 지나가버리
길⋯⋯. 술을 들이켜던 중년의 사내가 요구했다.

"막내야. 찐한 거 없냐? 찐한 것."

찐한 걸 알 길이 없었다. 이들이 원하는 찐한 행위는 얼마
만큼일까? 고민하고 있을 때 방문이 덜컥 열렸다. 미리내 언니
가 교태의 몸짓으로 다가오자 손님들의 환호가 세졌다. 예쁜
얼굴에 쭉빵 몸매의 미리내 언니. 예쁜 얼굴이 살에 묻혀버린
통통한 나. 미리내 언니는 찐한 것이란 내 말을 못 알아들었다.
그러거나 말거나 혼란스러운 상황을 해결해줄 경력자가 온 것
이다. 이제 그만 도망쳐야 할 것 같았다. 벌떡 일어나는데 선곡
하던 사내가 손짓했다.

"노래를 아주 잘 부르던데, 이 노래 듀엣으로?"

그는 곧 선창을 했다. 빙빙 돌아가는 조명이 우릴 비추었다.
담배 연기가 와닿았다. 끔찍이 싫은 냄새였지만 미성년자인 걸
들키면 안 된다. 각오를 다지며 마이크에 입을 갖다 댔다. 소란
스러움이 들리지 않았다. 내 옆의 사내도 없고, 의자에 앉아 있
는 손님들도 없다. 오로지 반주에만 이끌릴 뿐이었는데, 이걸
무엇에 비유해야 할지 모르겠다. 그게 전부다. 노랫가락이 가
슴속으로 마구 파고들었다. 사내와 화음이 잘 어우러졌다.

"진짜, 노래 잘하네. 환상의 하모니야! 앙코르!"

미리내 언니 곁의 사내가 박수를 쳐대며 소리 질렀다.

노래 부르는 아르바이트는 얼마든지 해줄 수 있다. 열 곡도, 백 곡이라도 불러줄 수 있다. 뭘 어쩌란 건지 알 수 없는 찐한 것만 요구하지 않는다면.

'근데 노래만 부르면 팁을 안 주는 것 아냐?'

내가 얄궂어도 어쩔 수 없었다. 어른 사이에서 발가벗겨진 기분을 견디고 있는 이유가 팁에 있기 때문이었다. 답은 듀오의 사내가 해주었다. "팁" 하면서 지갑을 꺼내들었다. 그 순간에도 어찌해야 하는지 혼란스러웠다. 그 팁이라는 것에 이리 구차해져도 되는가? 하는 생각 때문이었다. 물론 노래로 '찐한 걸' 요구하는 상황을 버텨냈다는 게 기쁘기도 했다. 하지만 여전히 혼란스러워서 이러지도 저러지도 못하고 서 있었다. 손님들이 야유를 흘렸다.

그러자 듀오의 사내가 갑자기 껴안았다. 놀라서 사내를 확 밀쳤다. 휘청거리다 사내는 바닥에 엉덩방아를 찧었다.

"감히 떠밀어?"

사내가 일어섰다. 한 대 치려는 듯 다가왔다. 심장이 거칠게 뛰었다. 그때 룸의 문이 벌컥 열렸다. 지혜 언니였다. 환하게 웃으며 사내에게 고개를 숙였다.

"죄송하지만 얘는 청소하는 알바생이라서요."

그러고는 나를 대기실로 데리고 왔다. 내가 걱정되어 틈날 때마다 룸을 살핀 것이다. 눈물이 나오려 했지만 입술을 꼬옥 깨물었다. 좀 쉬자 내가 무엇을 하고 어떻게 행동했는지가 깨달아졌다. 그러자 언니가 걱정되기 시작했다. 룸들의 유리문으로 들여다봤다. 언니는 웃으며 술을 따르고 있었다. 언니의 저런 대담함이 어디서 나온 건지 모르겠다. 어쩌면 한꺼번에 들이닥친 사채업자들에게 시달렸던 순간에서 온 건지도. 아무튼 언니의 수줍은 듯 야무진 모습에서 프로의 냄새를 맡을 수 있었다. 술을 받아 마신 손님이 일어나 마이크를 잡았다. 그러고는 중세의 기사마냥 공손한 자세로 언니에게 손을 내밀었다. 언니가 손을 잡고 일어섰다. 그 모습은 나를 정말 많이 아프게 했다. 방금 전의 상처가 아팠다 해도 지금처럼 아프지는 않았다.

나는 언니가 그 누구도 아닌 다른 사람으로 저기에 있다는 걸 느꼈다. 손님, 강철, 나, 가족……. 모두는 언니의 배경으로 있을 따름이다. 이제 언니 자신과, 세상과 싸우고 있는 언니만 있다. 그 외에는 어떤 세계도 존재하지 않는다. 지금 이 시간, 이 순간에는.

아니나 다를까, 언니는 미소를 머금고 자기가 있을 곳은 여기 말고는 그 어디에도 없다는 듯 상대에게 머리를 기댔다. 그러자 그가 지폐를 언니에게 주었다. 손님들이 아우성치며 술잔을 부딪쳤다. 눈알이 뜨거워지고 가슴이 아파서 더는 볼 수가 없었다. 죽고 싶은 감정 따위는 몇 달간 겪어서 내성이 생겼을 텐데도 마음대로 되지 않았다. 비틀거리며 대기실로 돌아와 언니를 기다렸다. 대기실에 들어온 언니가 말했다.

"할아버지 왈이 떠오르네. 눈앞만 보지 말고 그 너머를 봐라."

나는 대꾸할 힘이 없어서 바닥만 보고 있었다. 할아버지는 실제로 보이는 것 너머에 더 많은 무언가가 있기를 바라지만, 안타깝게도 대부분은 그렇지 않은 것 같다. 강철이 와서 일정의 돈을 떼고 나머지를 주었다. 팁은 언니의 능력이라며 손대지 않겠다고 했다. 내 시급은 주인이 계산해주었다. 이게 현실이었다. 그리고 강철의 차를 탔다. 복잡한 상가의 거리를 빠져나와 대로에 접어들 때였다. 로또판매점이 보였다. 그걸 보자 갑자기 힘이 솟았다.

"어제, 오늘 번 알바비로 몽땅 로또를 사다 주세요."

"뭐? 몽땅 로또 사겠다고? 안 돼. 인마, 고생해서 번 돈을 그렇게 쓰면 안 돼!"

강철이 강경하게 말하며 자동차에 속도를 붙이려고 했다.

"로또 살 생각으로 알바한 거예요. 제발, 아저씨…… 미성년자에겐 안 판단 말이에요. 네?"

"나도 그런 시절이 있었지. 앞이 캄캄할 때에는 그런 희망이라도 있어야 견뎌나갈 수 있어. 그래, 오늘만 몽땅 사라, 몽땅!"

그는 강경했던 것에 비해 쉽게 내 돈만큼의 로또를 사왔다. '행운을 빈다'는 말을 하고는 차에 속도를 올렸다. 언니는 내내 눈을 감고 있었다. 멀리 양수리가 보이자 그가 말했다.

"어지혜, 완전 프로 같았다며? 질투심에 미치겠다. 고만, 내 여친해뿌러라!"

"낼도 같은 시간이죠?"

언니가 대답할 가치도 없는 것처럼 넘겼다. 그러자 강철이 나를 향해 말했다.

"지원이, 낼도 오늘 같으면 알지? 이 동네에선 화장실 청소만 잘해선 안 돼."

자존심이 나뒹굴었다. 바닥에서 굴러다니는 자존심을 발로 밟아댔다. 내가 언니이었으면 싶다. 늘씬하고 예쁜 언니라면……. 통통한 통감자가 아니라면 얼마나 좋을까.

강철은 우리를 버스정류장에 내려주고 도시로 쏜살같이 내달렸다. 집으로 걷는데 멀리 기차가 지나갔다. 꼭 영화의 한 장면처럼 비현실적으로 느껴졌다. 그렇다면 지금 우리는 영화 한 장면을 연기하고 있는 셈인데, 도대체 지금이 만져지지가 않았다.

다만, 세상의 다른 편에서 나는 예의 그 두려움의 냄새만 맡아졌다. 그 냄새가 자극적이어서 다른 감각을 마비시키는 것 같고, 나는 그걸 느낄 수 있었다. 언니도 그 냄새를 느끼고 맡았으면서도 반응하지 않고 완전히 다른 반응을 보였다는 사실을 깨닫는다. 하지만 난 오늘처럼 언니가 행동할 줄은 꿈에서조차 생각해본 적이 없다. 아니다. 언니가 저리 행동하리라는 걸 알기에 두려웠었는지도 모른다.

어쨌든 우리는 아무런 말도 않고 걸었고, 나는 몹시 우울하고도 허전한 기분이었다. 우리가 살아내려고 꼼지락거리는 거에 비해 세상은 너무 광활해서 둘 다 강가의 모래보다 못한 존재인 허접쓰레기였고 별 볼 일이 없었다. 그렇게 우리가 모래알처럼 작은 초라한 존재라고 해도 언니는 예쁘다. 나는 통감자. 그때 언니가 내 어깨를 감쌌다. 언니는 생각보다 우울해 보이지도 힘들어 보이지도 않았는데 그건 돈을 생각보다 많이 벌었기 때문인 듯싶다. 돈이라는 게 뭐라서 이러는 걸까?

혹시 엄마나 할아버지한테 들키는 것에 대비해 우리는 미리 입을 맞춰놓았다. 다행히 엄마는 퇴근하지 않았고 할아버지는 주무신지라 그런 일은 일어나지 않았다. 우리는 부리나케 화장실에서 샤워를 하였다.

◆ ◆ ◆

"언니? 언니?"

"......"

대답이 없다. 잠든 것처럼, 아니 죽은 것처럼 숨소리도 내지 않는다. 그러면 안 되는데……. 저렇게 한없이 가라앉아버리면 숨이 막혀버릴 텐데.

막 잠이 들었을 때 현관문 열리는 소리가 들렸다.

엄마가 방과 화장실을 들락거린다. 마지막으로 우리 방문을 연다. 우리는 깊이 잠든 척한다. 한참을 방문 앞에 서 있던 엄마는 안방으로 들어가 문을 닫는다. 이따금씩 한숨 소리가 들리는 걸로 보아 엄마도 잠을 이루지 못하는 모양이다. 수면제를 찾는 것도 같고.

"언니? 기분이 어떤지 말해줘. 생전 처음으로 돈을 번 소감?"

"……."

다시 쥐 죽은 듯 고요하다. 할아버지 왈, 직업에는 귀천이 없고, 찢어지게 가난하더라도 희망을 잊지 말자고 했으니까. 그 말에 힘내서 나 자신에게 물었다.

'오늘 기분 어땠어? 돈도 벌구, 번 돈으로 소원대로 로또도 몽땅 샀잖아, 어때? 모르겠어…… 어, 그를 만나고 싶고, 노래주점에서 알바를 해서 그에게 미안한 것도 같고, 로또 당첨이 됐으면 좋겠고…… 그냥 막막 울고 싶어.'

◇

8

"저기, 할아버지 가방을 들어."

입버릇처럼 말하던 대로 할아버지가 아빠를 찾아 나선다. 할아버지는 아빠가 있을 법한 곳에 연락을 취하곤 했다. 한동안 아빠를 찾아다닐 것이고 남도로 시집간 딸네 집에 머물 것이다. 우리에게 방을 내주고 보일러실에 붙은 쪽방에서 지내기가 답답했을지도 모른다. 물론 연금을 받고 있어서 혼자의 삶 치고는 그리 나쁘지 않았다. 아빠가 사업에 실패하지만 않았어도 편안한 여생이었을 텐데. 할아버지가 한사코 아빠를 찾아 나서겠다고 하자, 엄마는 더 이상 말리지 않았다. 아빠를 찾아 나서는 할아버지의 모습은 전혀 극적이지 않았다. 미소를 지으며 뚜벅뚜벅 걸어 나갔다.

현관에서 엄마가 울었다. 할아버지는 대문 앞에서 손을 한

번 흔들어주었다. 언니는 우는 엄마를 바라보다가 할아버지를 따랐다. 할아버지는 아빠가 남쪽에 있는 것 같다 했다. 한 번 걸려온 지역의 부재중 전화번호를 가지고 전화국에서 그곳을 확인하였단다.

"거기가 남쪽 바닷가라서, 여행 삼아 가는 거야. 금방 돌아올 테니 엄마 말 잘 듣고, 열심히 공부하고 있어."

나는 할아버지한테서 희망의 기색이나 아빠에 대한 단서라도 찾아보려고 안간힘을 썼다. 이를테면 '애들아, 금방 아비를 만날 거야. 아비가 있는 곳을 알거든. 곧 괜찮아질 거다.'라는 말. 하지만 할아버지의 목소리는 그런 희망을 담고 있지 않았다. 그런 감지는 남겨진 우리에게도 힘이 빠지는 일이고 아빠를 찾아나서는 할아버지에게는 더욱 힘든 일이라는 걸 안다. 그래도 할아버지는 하루하루를 잘 지낼 것이다. 세상이 늘 그래왔듯 그냥저냥 흘러가게 마련이니까. 그래서 그저 서로가 보이지 않을 때까지 손만 흔들어댔다.

여름 오후의 햇살은 강렬했다. 우리는 뛰다시피 집으로 달려왔다. 엄마는 출근했을 터였다. 나를 쓰러뜨리려는 세상처럼, 잠이 어슬렁거렸다. 선풍기를 켜놓은 채 거실에서 잔다고 소리쳤다. 거실에 눕자마자 잠들 것 같았는데, 머리가 쨍하니 정신이 말똥말똥해져버렸다. 거실, 전에 살던 아파트 거실이 떠오른 것이다. 그 악몽 같은 시간을 생각하기 싫은데 자꾸만 떠오른다.

우리 집이었던 행복 센트레빌 404호, 넓고 깨끗한 우리 집 거실, 얼마 전까지만 해도 내 세상이었던 곳. 일이 터지기 전 며칠 전이었던가? 살다 보면 별별 일을 다 겪게 된다고 말하던 아빠. 우리에게 미안하다고 했다. 뭔가에 쫓기듯 불안해 보였는데 전날 밤새 엄마가 울었던 것도 같다. 그래서였을까. 왠지 불안해져서 잠을 이룰 수 없던 다음날이었다. 그 어떤 말로도 술 마시는 아빠를 말릴 수 없을 것 같았다.

"열심히 일하고 사람을 믿은 것 말고는 잘못한 게 없는데…… 빈털터리가 돼버렸어."

왠지 모를 두려움에 휩싸인 순간, 사채업자들이 들이닥쳤다.

"내 금쪽같은 돈, 다른 집 것은 다 두고라도 우리 돈은 내놔!"

뭐야, 왜 우리 집에서 영화 찍고 난리야! 이러지도 저러지도 못하고, 할 수만 있다면 땅속으로 꺼져버리고 싶었다. 아무리 빚쟁이라지만 시달리고 있는 엄마와 아빠를 가만 바라보고 있을 수가 없었다. 골프채를 휘둘러 닥치는 대로 패버려? 맘속으로만 수백 번도 더 사채업자들을 작살내고 있었다. 언니는 방에서 울고 있었다. 뒤늦게 나타난 사채업자가 악을 바락바락 쓰기도 했지만 새벽녘이 되어서는 모두들 돌아갔다. 아니, 단 한 명 우락부락하게 생긴 사채업자만 남았다. 혼자 남은 그는 이빨을 드러낸 개처럼 아빠를 위협했다. 집문서를 내놓으라는 거였다. 그 사채업자가 꼭두새벽에 입술을 바르르 떨면서 소리쳤다.

"보소, 야들 애비가 깜박한 새에 사라져버렸다 말이오! 갈 만한 곳을 뒤졌는데 없어. 설마 여자들만 두고 혼자 살겠다고 도망이야 쳤겠냐 싶었는데. 내가 이런 실수를 하다니……."

엄마도 우리도 지쳐서 깜박 잠들었던 모양이었다. 모든 게 비현실적으로 느껴지는 새벽이었다. 거실 한구석에서 웅크리고 있었던 아빠가 보이지 않았다.

"저, 지혜 아빠는 우릴 두고 혼자 갈 사람이 아니에요. 금방 들어올 거예요."

겁을 잔뜩 먹은 아이처럼 엄마는 곧 쓰러질 듯 위태로워 보였다.

우락부락한 사채업자가 담배연기를 확 뿜었다. 그러고는 욕을 해댔다. 물론 혼자. 엄마를 노려보는 눈빛에 소름이 확 끼쳤다. 연분홍 꽃무늬 원피스를 입은 곧 쓰러질 듯 휘청거리는 엄마에게 곧 원투 잽을 날릴 것 같은 저 주먹! 저 눈빛!

"어디 갔는지 빨리 대시오. 마누라한테 연락처 안 주고 떠날 사람 아닌께."

엄마는 인형처럼 그 사람이 잡아끄는 대로 휘청거렸다. 심장이 터질 것 같았다.

"그 손 놔! 우리 엄마를 가만 안 두면 죽여버릴 거야, 죽여버릴 거야!"

감히 엄마를 함부로 대하는 우락부락 괴물에게 나도 모르게 분노가 폭발해버렸다. 죽여버리고 싶었다. 그건 강한 충동이었고 나를 성가시게 하는 우리 상황에 대한 저주에서 비롯된 것이었다. 걷잡을 수 없이 심장이 쿵쾅거렸다. 사채업자가 엄마에게서 떨어져 나에게 다가왔다. 고개를 숙이면서, 때리면 맞자, 다짐했다. 세상을 살면서 이보다 더 혹독한 상황은 없을 것 같았다. 혹독함도 비에 젖는 것과 같을 거였다.

"가까이 오면, 가만 안 둘 거예욧!"

내 손목이 그에게 잡힌 것은 순간이었다. 손목을 확 잡더니 제 고개를 뒤로 꺾어 제치고 자신의 목에다 내 손을 갖다 댔다. 바르르 떨고 있는 내 손을 억지로. 얼굴에 피가 확 몰렸다.

"악."

급작스럽게 내지른 고함에 목이 콱, 막히고 온몸이 떨렸다. 하도 떨려서 손에 힘이 빠지고 아래로 처져버렸다.

"지원아, 지원아, 정신 차려!"

내 비명에 놀란 언니가 거실로 달려와 그 지옥에서 꺼내주었다. 식은땀이 흘러내렸다. 그때 생각에 떠밀렸다가 설핏 잠든 것인데, 가장 끔찍했던 건 사채업자들 틈에 끼어 나를 바라보고 있는 찬혁이었다. 찬혁은 아무 말도 하지 않았다. 아무 말도. 내가 도와달라는 듯 쳐다봐도 잡힐 듯 잡힐 듯 잡히지 않는 거리에 서 있을 뿐이었다.

잠을 제대로 자지 못해선지 머리가 아팠다. 답답했다. 그래서 두물머리 산책로를 걸었다. 혹시나 찬혁이나 찬진, 도희를 만날 수 있을까 싶어서 계속 두리번거렸지만, 그들 역시 현실의 사람들로 다가오지 않았다. 이틀 사이에 엄청난 세월이 흘러버린 것 같았다. 해가 일그러지면서 구름 사이사이로 오렌지색이 엷고 넓게 퍼져 나갔다. 시간이 흘러가는 게 보이는 듯했다. 강철이 태우러 오기에 오랫동안 산책할 수도 없었다. 찬혁을 만나면 힘이 날 것 같았는데……. 모든 게 우울했다.

어제처럼 강철이 우리를 태우러 왔다. 그리고 모든 게 똑같았다. 똑같은 노래주점의 대기실, 똑같은 도우미들, 누군가 토해놓은 화장실 청소와 탁자 치우기, 손님들……. 어젯밤 일이 자꾸 떠올라 두려웠다. 대기실을 나서는데 강철이 일깨워주었다.

"알지? 최선을 다하든지 아니면 청소고 뭐고 집에 가! 똑똑하니깐 잘 알 거야."

고개를 끄덕이고 지정된 룸으로 탁자를 치우러 들어갔다. 모두 간 줄 알았는데 웬 손님이 혼자 남아 있었다. 내가 탁자를 치울까말까 고민하다가 어쩌지 못하고 돌아나오려 할 때에 잠깐만 앉으라 했다. 중후한 사내로 깔끔한 옷차림에 점잖았다.

노래방 기기에서는 내가 좋아하는 노래가 나오고 있었다. 그가 말했다.

"심부름하는 알바생인 모양인데, 내 말을 듣고 칭찬해주는 알바를 해줄 수 있나?"

정말 꿈에서도 생각 못한 주문이었다. 세상에는 별별 사람이 다 있는 모양이다. 그리고 손님은 왕이었다. 그는 마이크를 잡고 계속 얘기했다. 상사와 업무에 대한 거였는데, 어려운 용어는 못 알아들었다.

"패배자 같은 얼굴은 하지 마. 지겨워. 그런 표정 엄마한테서 배운 거니?"

우리 엄마, 가냘프기가 코스모스 같은 엄마가 힘겹게 일하는 모습이 또렷해졌다. 새벽까지 지치도록 일하는 엄마. 우리를 위해 하루하루를 견디고 있는 엄마. 나는 한결 요령 있게 경청하고 칭찬해주었다.

"대박이에요."

정말 이상한 손님을 응대하지만, 나에게 어디 이상하지 않을 손님이 있겠는가. 이 아저씨는 또 무슨 말 못할 사연이 있기에 이러는 걸까? 문득 얼굴을 바라보았다. 이 아저씨도 외롭구나, 사람들이 모여 술을 마시고, 소릴 지르듯 노래하는 게 외로움 때문이라는 것도 깨달았다. 문득 아빠가 생각났고, 그러자 가여웠다. 이유를 묻지 않고, 얘기를 듣고 칭찬해주는 게 그에게 한 일의 전부였다. 부자나 가난한 사람이나 세상을 살아낸다는 게 쉽지 않은 모양이었다. 사내는 탁자에 팁을 놓고 말없이 룸을 나갔다.

언니한테 자랑하고 싶어서 다른 룸을 살폈다. 언니는 열심히 노래를 부르고 있었다. 노래를 못 부르지만 최선을 다하는 모습은 아름다웠다. 열심히 살고 있는 언니, 어지혜. 노래를 끝낸 언니가 보조개가 살짝 들어가게 미소를 지었지만 표정은 흐트러지지 않았다. 안심한 나는 대기실로 돌아와 앉았다. 오늘은 청소도 잘해냈지만 더 중요한 건 팁도 많이 받았다는 거다. 기분이 째지게 좋다.

"오늘은 둘 다 잘했다. 인기가 하늘을 찌를 듯해, 네 언니. 예상했던 대로야."

강철이 알바비를 주며 언니에게 윙크까지 날렸다. 언니는 천천히 입꼬리를 올려서 웃었다. 깊지도 않고 얕지도 않은, 촘촘한 체에 수없이 걸러서 완성한 것처럼 보이는 미소였다.

나는 집으로 오는 내내 너무 변한 언니를 생각했다. 언니 속에는 다른 언니가 있어서 노래주점에 오면 그 언니가 쑥 튀어나왔다. 그 순간부터 지혜 언니가 아니었다. 자신에게 자기를 증명하느라. "다음번에는 더 잘할 거야!" 나날의 희망과 싸우고 있었다.

'나는? 지금 나는 기댈 무언가가 필요한 거야.'

그래서 극한까지 미화시킨 찬혁이라는 우상이 허물어져 내릴까 봐 두려운 것인지 모른다. 산책로를 걸으면서 필사적으로 그런 생각을 했다. 사춘기는 지치기 쉬워서 인생 중에서 가장 체력이 되는 십대에 찾아온다고 한다. 작가 밀란 쿤데라가 했다는 말도 떠올랐다. 인간은 사춘기가 무엇인지 모르면서 사춘기를 맞고 어른이 무엇인지 모르면서 어른이 되며 늙는 게 무엇인지 모르는 채 늙음을 맞는다는 말.

두물머리 느티나무 아래의 벤치를 보니, 아무도 없었다. 황포돛배가 있는 곳을 둘러보았다. 사진을 찍는 사람이라면 그 배를 절대 놓치지 않기 때문이었다. 강가에 홀로 떠 있는 황포돛배는 한적함을 뚝뚝 흘리고 있었다. 그런데도 오지도 않는 사람을 만나겠다고 두물머리에 오는 나란 존재는……. 괜히 우울해지는 것 같아 황포돛배 관찰은 그만두고 벤치에 앉았다.

사람의 감정이란 물길이라고 한다. 그래서 사람을 만나면 다른 모습의 물길이 흐르기 시작한다. 내게 찬혁은 새로운 물길이고, 날마다 계속 바뀌는 나도 스스로 예측할 수가 없다. 지금의 나는 찬혁의 물길과 만나길 원하면서도 그 물결에 휘둘릴까 봐 두려워하고 있다. 만나고 싶은데 만나는 게 두렵다. 북한강, 남한강 물이 만나 합쳐진다는 두물머리에서 이런 생각은 모순이었다.

'그만 됐어, 혼자 북치고 장구치는 악순환.'

꼬리에 꼬리를 무는 생각에 지쳐서 고개를 돌렸다. 찬진네 집 쪽에서 누군가 손을 흔들었다. 가슴이 설레다가 실망감으로 번졌다. 찬진이었다. 내 앞으로 다가온 사람에 대해 세세히 생각할 필요가 없다는 사실을 곧 깨달았다.

"사진 찍으러 온 거야?"

"어⋯⋯."

어색해하는 나를 보고 찬진이 밝게 웃었다. 뭔가 졌다는 생각이 들었고, 그렇게 생각하는 자신이 웃겼다. 누군가에게 당당하게 이길 수 있을 만한 것이 하나라도 남아 있던가? 내가 모호하게 고개를 끄덕이자 찬진은 방긋 웃으며 내 옆자리, 즉 내가 앉던 자리에 앉았다.

"아이스크림."

찬진에게 받아든 컵 모양의 아이스크림을 쥐고 찬진을 바라보았다. 고마운 일이었다. 하지만 그뿐, 그가 찬혁이면 얼마나 행복할까 싶었다. 도희네 언니와 찬혁의 관계를 찬진에게 묻고 싶은 충동에도 휩싸였다. 도희네 언니는 찬혁과 깊은 관계임이 분명하다.

'말해주었으면 좋았잖아, 처음부터⋯⋯.'

여자 친구가 있는 건 당연했다. 찬혁은 가슴이 따뜻한 사람이다. 그래서 누군가 힘들어 보이면 넘어가지 못하고 신경을 써주는 거고, 내게도 말을 붙여준 거였다. 처음 만난 그날 아침

에 내가 많이 슬퍼보였다는 뜻이다. 이미 그것만으로도 내게
치명타였다. 여러 감정이 섞여서 어느 것이 이유인지 알 수가
없었다.

"아이스크림 싫어해? 좋아할 줄 알았는데."

"좋아해."

나는 아이스크림 뚜껑을 땄다. 손바닥에 퍼지는 냉기, 우유
조금에 얼음을 듬뿍 넣어 입안이 얼얼한 빙설 아이스크림. 내
가 좋아하는 아이스크림……. 어린 학생이 되어버린 듯했다.
와삭 깨물자 말도 못할 정도로 시원하고 맛있었다.

"찬혁이 형은 당분간 못 온대. 고모가 여행을 가시나 봐. 왜
알지? 철이 아닌 구리라는 시? 그곳에 살거든."

얼음덩어리를 와사삭 깨물며 찬진이 말했다. 딱 고등학생다
운 모습과 행동이었다. 나랑 친구할 애는 또래인 찬진이다. 그
건 당연한 건데, 찬혁에게 무엇을 기대하고 있을까? 정말로 바
보 같다.

"구리시, 그래 동, 은, 철이 아닌 구리 알아."

나는 웃기지도 않은 얘기를 하면서 엄청 우습다는 듯 크게
웃었다.

"웃으니까, 좋다. 어찌나 맥없어 보이던지 걱정했어. 도희가
있으면 알아서 떠들어주니까 편한데."

주변이 환하게 밝아지는 친구다. 찬혁만 아니었다면 나는

찬진에게 호감을 가졌을 거다. 그러나 그럴 수 없다. 그 사람을 만나는 것만으로 두근거리는 기분을 계속 간직하고 싶으니까. 그것뿐이다. 그러나 꿈조차 꿀 수 없는 잔혹하기까지 한 현실. 당장이라도 마음의 실밥이 터질 것 같은 걸 애써 완전한 형태로 지키려는 나. 그런 내게서 빠져나오고 싶기도 하다. 철없이 또래 친구들과 까불고 싶다. 도희가 무작정 보고 싶다. 그때 찬진이 의자에서 일어났다. 다가오는 무리가 학교 친구들인 모양이었다.

"야, 집 앞에서 데이트해도 되는 거야?"

잇따른 질문에 찬진은 얼굴을 붉히며 대답을 못했다. 그런 모습에서 또래의 싱그러움을 느꼈다. 그들에게는 내가 똑같은 고등학생으로 보일 것이다. 우리 집이 망해서 이곳으로 이사를 왔고, 노래주점에서 알바를 하느냐, 그 정도 차이밖에 없을지도 모른다. 찬진은 친구들에게 나를 소개시키고 그들과 어울려 갔다. 피로가 한꺼번에 몰려와서 벤치에 다시 주저앉았다. 한참을 강물 위에 홀로 떠 있는 섬을 바라보았다. 눈이 아파서 감았다 뜨는데 지면에 그림자가 생겼다. 설마 그는 아니겠지? 놀라서 돌아보니 세상에, 언니가 서 있었다.

"어…… 어쩐 일이야?"

나는 어정쩡한 말투로 아무 일도 없는 듯 반응했다. 그런 나를 보고 어이없어 하는 언니의 얼굴을 보니 왠지 모를 안도감에 헤헤헤, 웃어 보였다. 그 정도의 여유를 부릴 힘이 남아 있다는 게 안심이 되어 또다시 헤헤 웃었다.

"언니가 말하는데, 넋 나간 듯 혼자 앉아 있는 거 청승맞다."

혼내듯 말했지만 언니의 목소리엔 가시가 없었다. 가슴에 얹힌 외로움이 녹아내리는 듯했다. 언니는 나를 밀면서 내가 앉았던 자리에 앉았다. '으 끈적끈적해.' 하고 투덜거릴 거면 빈자리에 앉으면 될 걸. 내가 앉은 자리에 찬혁이 앉았다는 사실을 떠올리고는 오른손으로 곁을 쓸었다. 까칠까칠한 모래 몇 알이 손이 닿자마자 바닥으로 후드득 떨어졌다.

"아까 걔, 만나고 싶은 사람 아니지?"

"…… 당근, 내가 얘기했던 사람은 세상에서 제일 근사한 사람이야."

그런가? 그는 정말로 세상에서 제일 근사한 사람인가? 스스로도 어떻게 할 수 없는 이 감정을 어찌해야 할까? 근사한 사람이 아닐 수도 있다고 각인시켜야 한다. 그에게서 눈을 돌리고 싶다.

"아까 그 친구, 너랑 참 잘 어울리던데."

나는 스스로에게 세뇌하듯 괜찮은 척하면서 계속 지껄였다.

"엉, 예의 바르고 밝은 친구지. 하지만 난 다른 사람이 눈에 들어오지 않아. 이런 기분 처음이야. 그런데 멋진 그에게는 여자 친구가 있어. 아니, 여친이 없으면 더 이상하겠지. 그런데도 내가 나를 어쩌지 못해."

"어지원."

언니가 내 이름을 불렀지만 나는 대답하지 않았다.

"그는 구리시에 사는데 엄마가 가게를 운영하시나 봐. 엄마를 돕느라고 당분간 못 온대. 그는 완벽하지도 근사하지도 않아. 언니가 생각한 대로야. 나 바보 같지? 완벽한 사람이 있을리 없는데."

"첫사랑이란 건 원래 그렇대. 넌 지금 우리가 처한 상황을 극복하느라 사랑에 기대는 걸 거야. 그건 나쁜 게 아니야. 그러니까 그 사람에게 여친이 있으면 어때, 좋아하는 건 자유야. 잊지 말아야 할 것은 할아버지의 왈이야, 상대의 얼굴과 말과 반짝이는 모습에만 눈길을 주지 말고 그 너머에 진짜 무엇이 있는지를 보아라! 하지만 음…… 마음을 기대는 건 자유이니까 괴로워 마. 그렇지 않아도 우린 지금 힘든 상황이니까."

말투까지 할아버지랑 똑같아서 급 정신이 돌아왔다.

"더 이상 아무 말 마. 시간이 지나면 괜찮아질 거야. 언니가 더 힘들어 보여."

계속 지껄이게 내버려뒀다가는 무슨 말을 꺼낼지 몰라서 얼른 언니의 입을 막았다.

"근데, 여기 왜 왔어? 내가 사기꾼이라도 만나나?"

"어떤 사기꾼이 내 동생 맘을 훔쳐갔나, 사기꾼을 뒤에서 확

덮쳐서, 불행 속에서 동생을 행복하게 해준 사람에게 감사하
려고. 그 사람이 안 와서 허탕이지만. 이래 봬도 짝사랑에 빠진
소녀의 마음쯤은 안다고요!"

언니가 평소보다 큰 소리로 말하는 게 웃겨서 나는 폭소를
터트렸다. 세상에 언니가 내 뒤를 밟다니.

"얼마나 더웠는지 알아? 지금 시간이 얼마나 없는지 아냐
고?"

언니가 그 큰 눈으로 노려보았다. 나는 그게 웃겨서 또 웃어
제쳤다.

"야, 눈물까지 흘리며 웃을 건 없잖아. 빨리 가야 돼."

언니가 얼굴을 찡그리며 나를 일으켰다. 나는 발작적으로
웃으며 뒤에서 언니를 안았다. 언니가 있어서 고마웠다. 한편
으로 찬혁이 오늘 두물머리에 오지 않아서, 언니와 마주치지
않아서 안심이었다. 나는 얼른 앞장서며, "그대가 언제 사랑을
해보셨다고요?"라며 언니를 놀렸다. 언니는 "저게!" 하고 웃었
다. 그렇게 까불면서 집으로 돌아왔다.

강철이 우리를 태우러 왔다. 모든 게 비슷했다. 노래주점의
대기실, 같으면서도 다른 무리의 손님들, 적응 안 되는 낯설음
과 화장실청소……. 시간만 나면 두물머리 느티나무 아래에
갈 것이다. 찬혁을 다시 만날 수 없는 건 아니니까. 상관이 없
잖아, 여자 친구인 도희네 언니가 있어도. 난 그냥 찬혁을 보고

있는 것만으로도 행복하니까. 사랑이란 그런 거니까. 스스로를
달래면서 하루를 살아냈다.

◆ ◆ ◆

"언제 로또 맞춰보는 날이야? 맞춰보나마나 꽝일 테지만."
"개애뿔, 재수 없게! 어제 추첨했는데 안 됐어."
"한 번에 당첨된다면 나도 몽땅 로또 사겠다."
"……."
"그래, 이 언니가 동생한테 팁 좀 주지 뭐."
언니가 지폐 몇 장을 내밀었다. 얼른 받아서 지갑에 넣었다.
"답답하니까, 낼도 두물머리 가서 콧바람 쐬다 오자."
"나야, 좋지."
그러면서도 찬혁이 두물머리에 와서 언니를 만나면 어쩌나 하는
걱정 아닌 걱정이 되었다. 그렇게 로또를 샀는데 본전치기도 안 됐다.
언니가 준 돈이랑 알바비로 내일도 로또를 사야겠다. 정말로 로또
가 당첨되면 좋겠다. 우리 상황에서 로또 당첨 외에는 달리 방법이 없
다. 대박! 하나님, 로또에 당첨되게 해주세요. 일등이 어려우면 이등
이라도. 아니, 사정이 급하니까, 삼등도 괜찮아요. 하지만 사, 사등은
안 돼요. 상금이 짜더라고요. 당첨되는 게 벼락에 맞아죽을 확률보
다 낮다 해도 전지전능한 신한테는 쉬운 일이잖아요. 그죠? 그죠? 제

발 당첨되게 해주세요. 하느님, 착한 사람 되려 노력하고, 공부도 열심히 할게요. 하느님한테는 관심 없는 일이겠지만, 저 진짜 힘든 미끼를 던지는 거예요. 미끼? 아, 계약조건요. 그니까, 당첨! 꼭이요. 제발요…… 계속 기도하다가 잠들었다.

◇

9

오늘만 빨리 출근할 수 없느냐는 전화를 받았다. 강철이 지나는 길에 데려다주겠다고 했다. 우리는 엄마가 출근하자마자 외출 준비를 서둘렀다. 노래주점에 도착하니 6시였다. 대기실에서 시간을 때워야 했다. 지하라 답답했지만 에어컨을 켜면 안 될 것 같았다.

"언니야, 아이쇼핑이라도 하고 오자."

언니는 대기실 벽에 등을 기댄 채 고개를 저었다.

"귀찮아, 좀 쉬게 혼자 갔다 와."

지친 모습이어서 혼자 나왔다. 상가 위쪽으로 차와 사람들이 바글바글했다. 오래간만에 복잡한 거리에 나와선지, 햇살이 환해선지 현실 같지가 않았다. 그래서 슬러시를 사들고 마시면서 느릿느릿 움직였다. 언니가 없어선지 모든 게 시들시들했다. 그래도 쇼핑은 시간을 휘익 가게 했다. 주점의 출입문을 열었다. 밝은 곳에서 지하의 불빛 속으로 들어서서 모든 게 확연히 드러나지 않은 찰나였다.

"여보세요, 정신 차리세요!"

언니의 외침이 들렸다. 잔뜩 놀란 목소리로 내가 외쳤다.

"언니! 무슨 일이야?"

나는 대기실 쪽으로 달려가 등을 보이고 앉은 언니를 휙 돌려세웠다. 그 바람에 쪼그려 있던 언니가 바닥에 너부러졌다. 그 순간, 보았다.

웬 키 큰 남자가 몸을 뒤틀고 있었다. 그였다. 찬혁이었다. 부들부들 떨며 경련을 일으키고 있었다. 그런 찬혁을 본 나는 언니를 옆으로 밀쳤다. 하지만 몸을 떨면서 입에 거품을 문 찬혁을 보자 어떤 행동도 할 수 없었다. 그래서 버럭 소리쳤다.

"빨리 구급차를 불러! 이 사람 왜 이래? 뭘 잘못 먹은 걸까?"

언니는 누군가에게 휴대폰을 눌러댔다. 나는 정말 찬혁인지 확인하기 위해 몸을 구부렸다. 그가 돌연 이곳에 있는 게, 이런 모습으로 바닥에 누워 있는 게 믿기지 않았다. 언니가 다시 찬혁에게 몸을 숙였다.

"너, 이 사람을 알아?"

"두물머리에 사진 찍으러 오는 사람이야. 도대체 어떻게 된 거야?"

"발작을 일으킨 거 같아. 우리가 할 수 있는 일은 없대. 구급차 기다리면서 진정되기를 기다리는 수밖에는."

찬혁이 몸을 뒤척였다. 경련이 좀 진정된 듯했다. 언니가 아이를 달래듯 말했다.

"곧 구급차가 올 거예요. 조금만 참으세요."

언니는 찬혁의 윗도리를 끌어당겨 침을 닦고, 한쪽으로 기울어진 몸을 바로 잡아주었다. 머리를 들어 올려 손으로 받쳐주었다. 거리낌 없는 언니의 행동을 보자 나도 뭔가를 해야 할 것 같았다. 하지만 그것도 잠시였다. 출입문이 열리고 남자 목소리가 들렸다.

"뒤로 물러서세요. 환자를 이송하게요."

"이 사람 어떻게 된 거예요?"

언니가 걱정스러운 표정으로 물었다.

"곧잘 일으키는 발작을 한 겁니다."

구급요원이 응급 조치를 하며 말했다.

발작은 잦아들고 있었다. 구급요원이 그를 들것에 들어 올리려는 때였다. 두 사람이 주점으로 들어왔다. 주인이었다. 주인이 찬혁의 이마에 손을 얹었다.

"병원에 갈 필요 없어요. 카운터 방에 눕혀주세요."

구급요원들이 병원에 데려가는 게 좋겠다고 권유해도, 주인은 자신이 잘 안다며 카운터의 방에 눕혀달라고 했다. 찬혁은 단박에 엄마를 알아보았고 경련도 많이 가신 듯했다.

"잠시 몸에 공습경보가 울린 것뿐이에요."

찬혁이 말하고는 주위를 둘러보았다. 나랑 눈이 마주치자 눈을 동그랗게 떴다.

"격렬한 내 춤을 빨리 보여주고 말았네. 놀랐지?"

"아, 아니요."

내 목소리는 지나치게 떠 있었다. 아무리 생각해도 찬혁이 여기 있는 것도, 아픈 것도 믿기지 않았다. 주인 여자와 함께 주점으로 들어왔던 정 언니가 속삭였다.

"노래주점 하나밖에 없는 아들, 찬혁을 보고 놀랐겠네. 진짜 안됐어. 그치? 난 딱 한 번 봤는데, 물 밖에 나온 물고기처럼 팔딱거려서 기절할 뻔했다니까."

"선천성 경련이에요?"

"그래, 주인 언니가 걱정이 많지. 저 아들 믿고 혼자 살아왔으니까."

나는 어떻게 행동해야 할지 알쏭했다. 계속 어정쩡하게 서 있을 수도 없는 노릇이었다. 주인과 언니는 찬혁을 부축해 카운터 뒤에 붙어 있는 쪽방으로 향하고 있었다. 곁에서 부축하고 싶었지만 왠지 끼어들 수 없었다.

"놀라게 해서 미안해요."

찬혁이 말했다.

"아픈 사람보고 놀라긴요."

언니가 미소를 지었다. 위로를 받으면 울고 싶어진다. 그건 아이도 어른도 남자도 마찬가지인가 보다. 찬혁의 얼굴이 순식간에 일그러졌다. 그러나 숨을 몰아쉬었을 뿐 눈물을 흘리지는 않았다. '이 또한 지나가리라!' 하고 속으로 주문을 외운 모양이다. 나는 언니의 침착함에도 놀랐다. 경련을 일으키는 사람을 처음 봤을 텐데도 놀란 기색이 없었다. 반면 나는 거의 아무런 생각조차 할 수 없었다. 카운터 안쪽으로 들어가는 그들을 바라보는 내게 정 언니가 물었다.

"어째 찬혁이와 아는 사이 같다?"

"사진 친구예요."

내 대답을 정 언니는 농담으로 아는지 미소를 지었다.

"집에 가야지!"

대기실로 향하며 내 입에서 튀어나온 말은 그거였다. 집으로 돌아간다고? 지금? 이럴 거면 왜 그를 보고 싶다했는데? 그를 만나면 행복해지는 그 기분은 뭐냐고? 아마도……. 스스로를 용서할 수 없어서 몰아세운 것이다. 그런 뒤에는? 물음표 따위, 사사로운 생각 따위 망설이지도 말고 그냥 밟아버려. 그런 걸 생각하며 살다간 모든 게 뒤죽박죽이 돼버린다구. 이딴거 말고도 힘든 게 한두 가지니? 당장, 혼자서 어떻게 집에 갈건데?

그런 생각의 소용돌이를 잠재우느라고 눈을 감고 있는데, 언니가 옆에 앉더니 이어폰을 귀에 꽂아주었다. 아무 일도 일어난 적이 없었다는 듯, 벽에 등을 기대고서 이어폰을 한쪽씩 끼고 노래를 들었다. 늘 하던 습관이었다. 박자에 맞춰 끄덕끄덕 고개를 끄덕이고, 노래 소리가 좀 커진다 싶으면 서로를 바라봤다. 마음을 안정시킬 필요가 있었다. 나와 똑같은 표정으로 날 바라보는 언니를 쳐다보는 동안 나는 다시 세상에 겁날 게 없었다.

'무서워할 게 없다. 둘이서 이어폰을 나누어 끼고 같이 노래를 들을 때, 이럴 때가 언니와 숨을 같이 쉬는 것 같아. 이럴 때 나는 우리가 어떤 어려움도 헤쳐 나갈 수 있는 사이좋은 자매로 남을 걸 확실히 느껴.'

언니가 내게 그 예쁜 보조개와 미소를 씨익 날리는 순간, 정 언니가 우리 사이에 끼어들었다. 자리를 내줄 수 없다는 듯 더 달라붙었더니 우리 머리를 끌어다 꽝 부딪쳤다.

"이 접착제들! 머리까지 찰싹 붙어버려라."

정 언니가 눈을 흘기며 유쾌하게 웃었다. 부러워하는 게 느껴졌다. 그러나 시간은 우리를 가만 놔두지 않았다. 곧 청소를 시작했다. 오늘은 업무를 시작하는 월요일이라 그런지 손님이 한 팀뿐이었다. 할 일이 없는 것도 고역이었다. 그래서 로또 당첨자들의 후기를 검색하였다.

일확천금의 꿈, 불황일수록 더 잘 팔리는 로또복권! 생각보다 오랫동안 로또에 시간과 돈을 투자한 사람들이 당첨된 사례가 많았다. 하지만 로또 때문에 재산을 탕진한 사람들도 많긴 했다. 그 점이 찜찜해도 우리는 그들보다 더 절박한 상황이라서, 로또 아니고는 회생이 불가능한 것 같았다. 그래서 언니의 돈을 계산해봤다. 오전에 언니가 침대에 앉아 돈을 세었기 때문이었다.

"한 푼도 없어, 보호자 알바비 좀 더 줘!"

"누가 그따위 로또에 쏟아부으랬냐고!"

"내 돈 내 맘대로 쓴 건데 왜 짜증이야!"

우리 둘 중 하나가 상대에게 목소리를 높인 건 정말 오랜만이었다. 둘이 꿍짝이 잘 맞기도 했지만 다투는 데도 이골이 나 있었다. 거의 습관적으로 일어나는 일이었다. 하지만 오늘은 칼날같이 깊숙이 파고들었다. 언니가 몽땅 로또를 사는 내 맘을 파악 못할 리 없고, 나 또한 어렵게 번 돈을 몇 번이고 헤아리는 언니의 심리를 헤아리고도 남았다. 그런데도 불구하고 이런 상황 속에 있는 우리를 서로가 견디기 어려운 거였다.

침대에서 돈을 세던 언니는 돈을 쫙 펼쳐들고는 자신에게 무언가를 설득시키듯 뚫어지게 쳐다보았다. 언니가 보는 게 뭔지 궁금해서 나도 돈을 바라보았다. 언니는 돈을 더 뚫어지게 쳐다보다가 휘리릭 휘날렸다. 언니가 잠자코 앉아 침묵하는 동안 창밖의 새가 돈을 세었다. 한 장…… 쩍. 두 장…… 쩍쩍.
세 장…… 쩍쩍쩍.

그러다 강철의 전화를 받았고, 우리는 다른 날보다 일찍 노
래주점에 출근해 뜻밖에도 찬혁을 본 거였다. 찬혁의 노래주점
에서 알바를 하고 있는 거였다. 정말 오늘 일들은 드라마 같았
다. 그런 믿어지지 않는 하루를 보내고 잠자리에 누웠다.

◆ ◆ ◆

잠은 오지 않고, 한숨만 나왔다.

"땅이 꺼질 것 같잖아, 무슨 고민인데?"

"언니, 두물머리에서 만난 남자 얘기한 거 생각나?"

"얘길 안 해서 입이 근질근질하지?"

"친구들하고 그 사람이 보고 싶어 미칠 것 같아."

"낼이라도 만나면 되지. 뭐가 어려워?"

"언니도…… 나처럼 행동할 거잖아. 그런 곳에서 알바하는 거, 이
렇게 살고 있는 걸 들키고 싶지 않아."

"혹시 노래주점 아들이 그 사람? 왠지 그 사람인 것 같아서."

"개애뿔, 아무것도 모르면서……."

세상살이라든지, 인생이라는 걸 도무지 모르겠다. 앞일을 예측할
수 없어서, 지금 우리에게 닥친 일을 어떻게 해결해야 하는지 알 수

가 없어서, 무작정 뛰어든 것이리라. 단지, 돈을 벌기 위한 것만이 아
닌……. 뭐라도 하지 않으면 미쳐버릴 것 같은 막막함에 뭔가를 시작
한 것이리라. 앞으로의 일들이 두려운 나머지……. 머리가 아파온다.
그러면서도 궁금하다. 그 남자, 찬혁에 대한 얘기다. 입에서 빙빙 돌
고 있는 걸 언니에게 말하지 않았다. 앞으로 찬혁을 어떻게 대해야 하
나? 살다 보면 알고 싶은 마음이 굴뚝같지만 차마 말 못하는 게 있기
마련이다.

◇

10

'사랑이란 거, 진짜로 뻑큐다⋯⋯.'

그를 기다리지 않기로 맘먹는다. 그 옆에는 도희네 언니가
있고. 어제 아팠던 사람이 오늘 올 리가 없지 않은가. 노래주점
의 아들이지 않은가. 고딩인 내가 그런 곳에서 알바하는 걸 보
고 얼마나 놀랐을까. 그래도 자꾸만 기다려진다. 바보 같은 나.
뭐, 이렇게 한 줄로 끝내면 내가 아무것도 아닌 것 같다. 그런
생각 끝에 밤이 왔다.

나는 종종 직관에 의해 움직이곤 한다. 현실에서 비현실로
훌쩍 점프하는 어떤 지점에서, 얼토당토않은 행동을 한다. 강
철이 집 근처에서 언니를 태우고 나갔다. 처음에는 따로 할 얘
기가 있을 거라고 생각했다. 그러다가 느닷없이 몰려드는 직관
에 쏜살같이 달렸다. 산을 끼고 있는 강가의 공원길에는 더위

가 진을 치고 있었다. 흉흉한 바람소리 같은 들고양이 떼의 울음소리는 오금을 저리게 했다. 강가의 공터가 다가올수록 숲의 찐득한 음산함에 소름이 돋았다. 집으로 달아나버리고 싶었다. 집으로 돌아서는 대신 찬진과 도희에게 문자를 날렸다.

해결사, 그 사람, 강철을 믿는 게 아니었다. 사람을 겉모습만으로 판단하면 안 되는 것이다. 언니도 그 사실을 안다, 아니 세상 사람 모두가 안다. 도희와 찬진도 아는데, 지금 상황에서 가장 심각한 일은 더위 때문에 미치겠다는 것이다. 도희와 찬진이 달려와 주었고, 숲속에 웅크리고 있는데, 모기가 계속 우리의 피를 수혈해갔다. 강을 따라 드문드문 박혀 있는 민들레꽃 같은 가로등이 뿌옇고 노란 빛을 뿌리고 있었다.

"뭐 하고 있는 걸까?"

내가 말했다.

"저 글러먹은 해결사 때문에 모기에게 피를 바쳐야 하다니. 내 황금 같은 피를!"

도희가 손바닥으로 자신의 다리를 탁 때리면서 말했다.

"황금 같은 피? 그만한 가치는 안 되지."

"찬진, 너 뭐랬어? 황금에 비유하는 것만으로도 부족해. 안 그래? 우리는 지금 인생에 있어서 가장 찬란한 시절을 살고 있다고. 그래서 내 피의 가치는 우주와 맞바꿀 만한……."

도희는 젊은 피의 가치를 줄줄 늘어놓는다, 선생님처럼. 도희는 십 분은 더 이야기를 늘어놓았다. 마침내 찬진이 말을 자르고 만다.

"잘 알겠습니다. 선생님, 나머지는 다음 강의에……."

그때 강철이 차창을 내리더니 가래를 내뱉었다. 언니는 고개를 수그리고 있었지만 도희는 신경도 쓰지 않았다. 찬진이 때문에 흥분해버렸기 때문이다.

"너, 피 맛 좀 볼래? 그래야 내 피의 위대함을 알게 아니야. 뜨거운 피 맛!"

"뜨거운 피? 으그, 그만 좀 해!"

"그만하라고?"

도희가 기어코 찬진을 쳤다. 날씨는 끈적끈적하지, 수풀 속에서 모기들은 달려들지, 찬진의 시비에 도희는 지금 한계에 이르렀다. 숲속에 쪼그려 두 시간을 버티는 게 힘든 건 사실이었다. 아니, 우리 작전 때문에 똥끝이 타들어간다고 해야 할까. 이 친구들에게 도움의 메시지를 날리지 말았어야 했다. 도희는 반바지 차림으로 내 다리쯤에 있고, 찬진이 내 오른쪽에서 운전석의 강철을 주시하고 있다. 만일의 경우를 대비해서……. 물론 이 친구들에게 알바를 얘기한 건 아니고, 해결사가 언니를 불러낸 것이라고만 했다. 어쩌면 도희가 우리 집 사정을 찬진에게 말했을 수도 있지만.

강철은 차창을 열고 담배를 피우고 있다. 노래주점은 돌아가면서 쉬는데 대체로 손님이 적은 월, 화요일에 주로 쉬었다. 오늘은 우리가 쉬는 날이었다. 그런데 밤에 강철이 전화로 언니를 불러냈다. 나는 강철의 차를 추적했다. 물론 금방 놓쳤지만, 어디로 갔을지 예상할 수 있었다. 두물머리 건너 산을 끼고 있는 강가 옆 공원에서 강철의 차를 찾았다. 깊은 밤이고, 으슥한 곳이라 뒤쫓으면서 찬진과 도희에게 메시지를 날렸다. 강철이 언니에게 지껄이는 게 들렸다.

"내 이상형이 누군지 알아? 산소 같은 여자다. 알바 힘들지? 알바하지 말고, 내 여친해라. 산소 같은 널 그런 오염된 곳에서 알바시키고 싶지 않다."

"알바할 만합니다."

"하지 마! 용돈도 주고, 학교도 다니게 해줄 테니까. 내 말대로 해. 난 신사니까, 사랑을 강제로 구걸하고 싶지 않아. 알겠지?"

"집에 갈래요."

"내가 그렇게 싫어? 하긴 나도 내가 미친 놈 같다. 너랑 있기만 해도 좋아 죽겠으니."

강철은 싫은 정도가 아니라 끔찍했다. 당장 쫓아가고 싶은 걸 참고 있었다. 언니한테 막 달려들진 않겠지? 다리가 부들부들 떨렸다.

"나는 찍은 건 반드시 손에 넣는다. 좋게 얘기할 때……"

"싫어요."

언니가 차문을 열려는데 강철이 잡아챘다.

"왜? 나도 손님이야, 그것도 특별 손님이라고! 널 내 여친으로 만들 거야, 왜에? 사랑하니깐!"

"사랑이요? 사랑이 뭔지나 아세요?"

"사랑이 사랑이지. 가슴 뛰고, 자꾸만 보고 싶고, 질투 나고, 같이 있고 싶은 마음! 지금 딱 내 모양이지. 내가 너한테 풍덩 빠져버렸으니까."

강철의 얼굴이 점점 언니 얼굴에 가까워졌다. 싫다, 싫어. 당장 달려가 언니를 데려오고 싶다. 하지만 함부로 행동할 일이 아니었다. 참으려니 몸이 떨려왔다. 도희가 고개를 흔들더니 눈썹을 치켜 올렸다.

"해결사가 사랑에 빠졌다고? 엄청 막장이네."

나는 강철이 언니에게 전화할 때부터 두려웠다. 차에 태울 때는 더 두려웠다. 아니, 우리 집 대문에 나타난 날부터 무서웠다. 길을 걸을 때도, 노래주점과 집을 오갈 때 강철의 차 안에서도, 집에 있을 때도 무서웠다. 솔직히 오가는 어른들이 모두 사채업자들로 보였다. 어쩌다 앞서 걷던 어른이 뒤돌아보기라도 하면 가슴이 덜컹 내려앉았다. 당장이라도 멱살 잡혀 뒷골목, 지하실 같은, 아무튼지 어둠의 세계를 상징하는 그런 외지고 음습한 곳으로 갈 것만 같아 잔뜩 겁을 집어먹고 있었다. 오직 두물머리에서 찬혁을 만날 때만 마음이 안정되었다.

　사채업자들이 쳐들어온 날부터 나는 깊은 잠을 잘 수가 없었다. 이곳으로 이사 왔는데도 마찬가지였다. 결국 집을 뛰쳐나왔다. 돈을 들고 그릇가게로 달렸다. 달리며 생각했다. 어떤 칼을 고를 것인가? 내가 움켜쥘 칼은, 뽑아드는 순간 모든 것을 무無로 만들어버리는 것이어야 했다. 사채업자들을 한순간에 얼어붙게 만들어버려야 했다. 무엇보다 칼을 뽑아드는 순간 나의 두려움을 불식시켜버려야 했다. 반드시, 그런 칼이어야 했다.

　"과도가 아니면……. 이 칼은 어때?"

　그릇가게 아저씨가 다른 칼을 선보였다. 나는 아저씨의 손에 들린 칼을 응시했다. 과도보다는 나았다. 구부려서 칼집에 넣을 수 있는 칼이었다.

　"이, 이런 거 말고, 날카롭고 누르면 확 튀어나오는 거는요?"

　아저씨가 새삼스레 나를 바라보고 칼을 확 눌렀다. 파닥 칼날이 튀어나왔다. 나도 모르게 움찔 놀랐다. 아저씨가 건네는 칼 앞에서 망설였다.

　그러자, 아저씨가 설명했다. 잘 봐라, 이렇게 누르기만 하면 칼날이 튀어나와. 이렇게 순발력이 뛰어난 칼도 없을 거야. 바닷가에 놀러 가 회를 쳐서 먹을 만큼 칼날이 날카로워, 어때? 맘에 들어? 칼날을 넣을 땐 수동으로 구부려야 했지만 누르는 순간 확 튀어나오는 칼을, 나는 움켜쥐었다. 칼을 쥔 순간, 이제까지는 상상도 못했던 두려움이 전신을 휘감았다.

더듬더듬 그때 샀던 칼의 누름 부분을 더듬을 때였다. 언니의 외침에 문득 정신이 돌아왔다.

"손님이라면 노래주점으로 오세요!"

역시 언니는 나보다 강하다. 우리 언니 어지혜! 강을 끼고 있는 이곳의 날씨는 유독 습기가 많다. 땀이 번질거려 기분이 나쁘다. 지금도 끈적끈적한 공기가 떠다녔다. 도희와 찬진에게 미안하다고 생각하는 순간, 절망과 실의에 빠진 나를 보면서 도희가 한마디 했다.

"저, 도적놈! 언니한테 손만 댔단 봐라!"

동조하듯 찬진도 고개를 끄덕였다.

"그래? 이곳이 노래주점이라 생각하고 놀자. 난 신사니까, 특별히 팁 많이 줄게, 이리 와봐!"

강철이 심기가 불편한 듯 차창을 모두 올렸다. 그때 언니가 차문을 열고 후다닥 뛰쳐나왔다. 물론 강철도 바로 내려서 언니를 붙잡았다. 나도 벌떡 일어났다. 그런 나를 도희가 주저앉혔다.

"넌 여기 있어. 내가 해결해줄게! 꼼짝 말고 있어!"

나는 입을 쩍 벌린 채 그 자리에 있을 수밖에 없었다. 도희는 강철을 향해 내달렸다. 찬진도 뒤따랐다. 나는 그때, 오래도

록 혼자 외로워해왔던 무언가가, 싸워왔던 무언가가 해소되는
것을 느꼈다. 소꿉친구 같은 반 친구들, 진정한 친구를 그리워
하고 있었던 것이다. 도희의 입에서 "쌍!" 하는 소리가 터져 나
왔다.

"쌍, 건드리지 마!"

언니를 바라보던 강철이 고개를 돌렸다.

"니들 뭐야? 깡패야? 죽으려고 환장했어?"

강철이 돌아섰다. 도희가 기합소리를 내지르며 강철을 향해
로킥을 날렸다. 강철의 얼굴이 일그러졌다. 앞발에 체중을 싣
고 있던 강철이 로킥을 막아냈다. 곧장 도희의 머리채를 향해
손을 내질렀다. 강철의 손을 가까스로 피한 도희가 강철의 복
부를 향해 주먹을 내질렀다. 둘 사이의 거리가 도희의 팔 길이
보다 길었기 때문에 강철의 복부를 노린 도희의 공격은 실패
였다. 도희는 강철을 노려보며 "원투, 원투, 빽큐, 빽큐, 트리플
쨉" 하고 중얼댔다. 내가 대체 뭐 하는 거냐고 숲속에서 물을
때 도희는 "이미지 트레이닝. 자기 암시 중이야!" 엄포하였다.

강철이 달려들어 도희의 멱살을 잡았다. 이제 끝이다!

순간, 기다렸다는 듯이 찬진이 도희를 확 잡아당겼다. 도희
를 움켜잡느라 힘을 집중하는 순간 무게중심을 잃은 강철이 맥
없이 땅에 엎어졌다. 도희의 발이 곡선을 그리며 날아가 강철
의 몸을 찼다. 땅바닥의 먼지 때문에 강철이 칵칵거렸다. 도희

가 재빨리 한발 내딛었다. 나도 나가서 패버릴까, 말까, 고민하다가 막 튀어나가려고 할 참이었다.

"움직이면 가만 안 둔다!"

위협 신호였다. 내 의도와 다르게 일이 굴러가고 있었다. 나는 그저 언니를 가만히 놔주기를 바랐을 뿐이었고, 찬진의 주장대로 경찰에 신고했어야 맞는 거였다. 그런데, 우린 신고를 할 수 있는 입장이 못 된다는 게 원인이었다. 잘못 판단을 내린 것이다. 세상이 우리에게 많은 상처를 줄 거라는 걸 알면서도 우린 세상에 몸을 던진 것이다. 인정한다.

그러나 그렇다고 해도 세상이 우리에게서 모든 가능성을 빼앗아버린다는 것은 너무 가혹하지 않은가. 힘이 빠져나갔다. 그 순간,

"튀어! 빨리, 빨리!"

도희가 언니 손을 잡고 뛰어왔다. 찬진이 멍 때리고 있는 내 손을 잡아끌었다. 강철이 뒤따랐다.

다다닥다다닥다닥……. 우리는 맹렬한 속도로 질주했다.

"거기 안 서! 니들 다 죽었어!"

강철이 연신 고함을 질러댔지만 그 정도의 고함으로 속도를 늦출 청춘은 없다. 유턴해서 돌아갈 곳이 없는 청춘은 앞으로만 달릴 뿐이다.

"뛰어! 뛰어!"

도희는 강철보다 더 흥분해 있었다. 강철이 도저히 따라잡을 수 없을 만큼 거리가 벌어진 뒤에도 "뛰어! 뛰어!"를 외쳤다. 뒤쫓던 강철이 안 보였다. 언덕배기쯤에서 포기한 것 같았다. 그런데도 우리는 뛰었다. 그렇게 숲길을 내려서 거리를 향해 나갔다.

국도가 가까워지자, 멀리 면사무소도 보이고, 주민센터가 보였다. 도희가 천천히 걸었다. 그러다가 누가 먼저랄 것도 없이, 강 건너편에 외로이 떠 있는 두물머리의 느티나무를 바라보았다. 두물머리의 어둠 속에 이정표처럼 서 있는 느티나무가 우리의 침묵을 견고하게 했다. 세상의 모든 이정표들이 그러하듯 우리의 시선을 붙들고 있는 저 이정표 또한 어둠 속에서 빛나는 존재였다. 어둠 속에서 이정표 역할을 해준 곁에 있는 친구들이 정말 고마웠다. 그러므로 어둠이 바로 희망이기도 하리라.

◆ ◆ ◆

아까 일들이 계속 생각난다. 오늘은 강철의 손아귀에서 빠져나왔다고 해도, 강철이 어떻게 나올지가 너무 걱정된다. 내일 우리는 노래주점을 어떻게 해야 할까? 강철이 화난 만큼 언니에게 뭘 요구할까?

"언니?"

잠잠하다.

지금 힘이 되는 희망이란 찬혁이 노래주점에 오리라는 것뿐이다. 이런 희망이 잠 못 이루게 한다. 그와의 만남은 여러 상황을 상상하게 만들었다.

'낼은 아침부터 굶을 거야. 그러면 날씬해 보일 거구 예뻐 보일거야.'

좀 더 많은 생각들······.

'나랑 먼저 알았으니까, 날 찾을 거야. 언니는 내가 좋아하는 사람이 그 사람인 줄 눈치 못 챘고.'

그가 주연배우처럼 천장에 펼쳐졌다. 어두운 방안을 밝혀주는 화면처럼 그와 같이 있는 장면은 밝은 미래가 펼쳐지는 것처럼 따사롭다. 그 영상 속에서, 언니가 영상의 울림 같은 말을 했다. 내가 아무리 곱씹어도 무슨 말인지 이해하지 못할 소리를.

"지원아, 네 돈이 내 돈보다 더 깨끗한 것 같아."

"똑같은 돈인데 갑자기 왜 그래?"

언니는 대답을 하지 않았다. 나도 아무 말 안 했다. 그냥 생각만 했다는 표현이 맞을 것이다. 아니, 아무 생각도 하지 않은 것일 수도 있다. 다만, "네 돈이 내 돈보다 깨끗한 것 같아." 말할 때 나는 언니의 찢어진 상처를 본 것만은 확실하다.

그놈의 돈. 징글징글한 돈. 보란 듯이 비웃어 주고 싶다.

그러므로 로또복권을 사기 위해선 알바를 계속할 수밖에 없겠다.

11

다음날, 아침엔 바람이 불었다. 우리는 산책로로 출발했다. 머리카락이 바람에 휘날릴 정도여서 시원했다. 서로 말은 꺼내지는 않지만, 강철에 대한 두려움을 안고 있었다. 언니는 반바지에 면 티셔츠를 입고 모자를 썼다. 낡고 좀 우스꽝스러운 검은색 모자였지만 자연스럽게 어울렸다. 나는 반바지에 푸른색 셔츠를 입었는데 그럭저럭 괜찮아 보였다. 적어도 그러길 바란다. 아무튼 그 경계 어디쯤에 있다고 생각하며 버스정류장 근처에서 발걸음을 멈췄다. 로또를 사기 위해서였다.

그때 거짓말처럼 찬혁이 다가왔다. 카메라 가방을 메고 예의 그 미소를 머금고 있었다. 하얗고 구겨진 데 없는, 정말이지 사진 찍어놨다가 우울할 때 보고 싶을 정도로 맑은 모습이었다. 괜히 손해난 기분이 들었다. 뭔가 잘못됐을까 봐 얼마나 걱정했는데. 물론 창백해 보이긴 했다.

"이렇게 외출해도 돼요? 아픈 건 괜찮아요?"

우리는 거의 동시에 찬혁에게 말했다.

"보다시피 아주 좋아. 고맙다, 나 때문에 많이 놀랐지? 그런 춤사위 뒤에는 뭐니 뭐니해도 강가가 최고지. 가슴이 확 트이거든."

나는 속으로 '그래도 이렇게 빨리 돌아다니면 안 되는 거예요.'라고 말했다.

"뭘 사려고?"

찬혁이 우리에게 말을 건넬 때, 궁금했다. '나를 만나고 싶어서 두물머리에 온 걸까? 사진 같이 찍고 싶어서?' 문제는 그 답을 알고 있다는 거다. 그의 눈이 나를 향했을 리 없다. 언니가 부끄러운 듯 대답했다.

"지원이가 로또를 사고 싶대요. 대신 사줄래요?"

로또가 다 꽝이었다는 말을 하지 않아 고마웠다. 찬혁은 우리 대신 로또와 캔맥주와 과자를 사들고 나왔다. 누가 먼저랄 것도 없이 두물머리 산책로로 접어들었다. 빛살이 강물에 비치고, 황금색으로 물들어가는 공기로 더위가 무럭무럭 자라고 있는데도 아름다웠다. 언니는 자기 생각을 함부로 말하는 사람이 아닌데 오늘 따라 계속 얘기했다.

"인생을 뜨겁게 사랑하고 싶어요. 내 열기에 시간이 너덜너

덜해지도록······."

"그럴수록 맘을 비워봐. 인생은 퍼즐 조각으로 완성되는 큰 그림과 같아서, 암흑인 줄 알았던 퍼즐 한 조각이 큰 그림의 일부인 시원한 나무 그늘이었음을 깨닫는 날이 올 거야."

찬혁의 말에 나는 필요 이상으로 고개를 끄덕였다. 하지만 말은 말일 뿐이다. 마음의 영역은 말과는 상관없는 곳에 뿌리를 트는 법이다.

"앞으로도, 많은 일이 있을 거야. 그게 인생이니까."

언니가 자신에게 중얼거리듯 말했다. 언니는 어린 나이에 어떻게 인생의 많은 것을 알까. 겉모습과 달리 대범하게 앞으로 나아갈 수 있을까. 천천히 정말 천천히 두물머리 산책로를 걸었다. 햇살이 강렬해서, 오히려 고요한 느낌이었다. 더위를 깨뜨리는 바람처럼 쉼 없이 얘기했다. 하지만 누구도 알바 얘기나 노래주점에서 본 찬혁의 얘기는 꺼내지 않았다. 단정하게 걷는 언니 곁으로 멀리 족자섬이 보였다. 깊은 사념에 빠진 사람 같은. 나는 족자섬 너머의 풍경을 바라보았다. 강이 빛살에 반짝거렸다. 윤슬이 찰나에서 영원으로 흘러가는 것처럼 보였다. 일생을 준비하는 하루의 여행 같은 무엇이었다.

두물머리에 닿았을 때 찬혁은 사람들 사이에 끼어들었다. 한 손에는 카메라를 들고 다른 손에 캔맥주를 요령 있게 들고 있었다. 우리를 예쁜 자매라고 사람들에게 소개했고 우리는 인

사를 했다. 고등학생들도 있었는데 찬진도 끼어 있었다. 까무
잡잡하게 그을린 건강한 얼굴로 찬진이 인사했다.

"지원이가 다닐 학교 친구니?"

언니가 찬진에게 물었는데, 나를 잘 부탁하고 싶은 모양이
었다.

"누나도 지원이랑 같이 우리 학교에 다닐 거잖아요?"

"글쎄."

나, 나는 아무 말도 안 했다. 찬혁이 카메라를 만지작거리는
걸 물끄러미 쳐다봤다. 나뭇잎 사이로 일렁이는 햇살이 그의
머리카락 사이로 흩어지는 걸 바라보았다. 지금 한 방 찍으면
꽤 괜찮은 사진이 될 것 같았다.

"찬진이 같은 친구를 사귀어서 다행이야."

언니가 말했고 나는 어렴풋이 미소를 지었다. 찬진도 미소
를 지어 보였다. 우리의 어두운 마음을 햇살이 밝혀주는 느낌
이었다. 그렇게 어슬렁거리면서 햇살이 조금 수그러질 때까지
강을 구경했다. 찬혁은 느릿느릿 움직이며 사진을 찍었다. 그
러다가 시원한 걸 마시러 미니 카페에 가자고 했다.

"감사하지만, 이제 집에 가야 해요."

결국 언니가 계속 출근하기로 맘먹은 것이다.

"시원한 걸 마시고 가지? 노래주점에서 나 때문에 놀랐을 텐
데 감사도 못했잖아."

"출근하기 전에 좀 쉬고 싶어서요. 넌 카페에 갔다 와. 늦지 않게 집에 오고."

언니가 이 사람과 같이 있도록 배려해준 걸까? 아닐까? 어떻게 해야 할까? 나 같은 인간은 생각이 많아 탈이다. 언니는 집을 향해 걸음을 옮겼다. 두물머리 산책로로 접어드는 언니를 찬혁이 바라보았다.

"빨리 미니 카페에 가요."

"그래, 알바 때문에 시간이 많지 않지?"

알바 얘기가 나오자 찬진에게 알바 얘기를 할까 봐 조마조마하면서 미니 카페를 향했다. 찬혁을 쳐다보았다. 그는 여전히 아픈 사람처럼 보였지만 따뜻해 보였다. 내 시선에 그가 나를 봤다. 하지만, 그는 언니가 걷고 있는 산책로를 더 자주 바라봤다. 그런 그와 나를 찬진이 흘끗거렸다. 그러더니 친구들과 놀겠다며 물러났다.

'저 눈동자엔 틀림없이 언니만 가득할 거야.'

그냥 그의 눈 속에 나를 넣어달라고 간절히 바라고 바랄 따름이었다.

"아무래도 다음에 마시는 게 낫겠어요."

"갑자기 왜? 더운데 마시고 가지."

비로소 나를 그의 눈 속에 넣었다. 언니에게 보내는 그의 시선에 질투를 느끼던 나는 그 눈길에 마음이 조금 누그러졌다.

사랑은 자의적인 감정일 뿐이라는 말이 생각났다. 작은 친절일 뿐인데도 환심을 사려는 조바심을 보이고, 스쳐가는 눈빛뿐인데도 운명적 각인을 남기려는 의사표시로 믿는 어리석은 맹목성이 사랑에는 있다고 하더니. 찬혁이 눈길을 돌려준 것만으로도 질투가 녹아내리는 걸 보면 나는 사랑이라는 나의 감정을 사랑하고 있는 것일지도 모른다. 사랑에 내 감정을 강하게 덧입힌 싸랑을…….

"오늘은 집에 그냥 가는 게 나을 거 같아요."

찬혁은 미소 지었다. 조용했다. 햇살 아래의 여름날이 모두 침묵하고 있는 것 같았다. 그는 미니 카페에서 캔커피 두 개를 집어주었다.

"마시면서 가."

그가 다시 두물머리 산책로를 바라보았다. 그런 그의 모든 걸 눈여겨 보았다. 햇살에 반짝이는 머리카락, 팔, 셔츠 위의 카메라, 다시 그의 팔 그리고 손가락을. 그리고 막 돌아서려는데 그가 말했다.

"저녁에 만날지도 몰라. 청소라도 도울 생각이거든. 곧 여행가서서 인계 받을 겸."

그러고서 "그냥 궁금해서 그러는데." 생각하는 눈치더니 물었다.

"언니는 고3 수험생인데 노래주점에서 일하면 안 되겠지?

우리 가게가 아니더라도 미성년자 알바를 그냥 넘길 수는 없는 문제이고."

나는 고개를 끄덕였다. 진심에서 나온 고갯짓이었다. 다른 사람뿐만 아니라 찬혁에게서 그런 말을 진짜 듣고 싶지 않았다. 죽고 싶을 만큼 창피했다.

"지원이 너도. 그래, 밤에 언니랑 다시 얘기하자."

그는 뒤돌아 걷기 시작했다. 나는 조금 더 서 있다가 집으로 발길을 돌렸다. 가슴에 차오르는 슬픔을 느끼면서 뛰었다. 철 없는 고딩처럼 달리는 내내 줄기차게 묻고 또 물었다. '노래주점에서 알바하는 지혜 언니는 가련해 보일 수 있어. 강한 척하지만 언니는 연약해 보이지. 나도 살을 빼면 그렇게 보일 거야, 살찌기 전에는 언니랑 쌍둥이 같다는 말을 들었으니까…….' 하고 생각했다. 그는 나와 함께 집까지 온 거나 마찬가지였다. 하얀 얼굴과 풍경을 향한 그의 카메라와 포즈.

우리는 노래주점에 갈 준비를 해야 되는데도 빈둥거렸다. 준비할 시간을 놓칠 것 같아서 언니에게 물었다.

"왜 미니 카페에 안 갔어? 학교는 왜 안 다닐 작정이고?"

나를 똑바로 쳐다보는 언니의 커다란 눈. 마음이 불편해졌다. 내가 언니에게 모든 걸 이야기하지 않듯이, 언니도 분명 내게 모든 것을 이야기하지 않았다. 우리는 그 불완전한 관계 속에서 서로 이해하려고 했다. 그 사실이 안타까웠다. 늘 언니는 정말로 중요한 일은 아무한테도 말하지 않는다. 스스로 그 결심을 마무리 지었다. 나도 언니를 걱정했지만 중요한 핵심은 놓쳤다. 그래서 한 학기 남은 학교를 안 다니려는 이유는 제대로 듣고 싶었다. 언니와 마주 보기 위한 중요한 걸음이었다.

"집도 이렇고, 꼭 다녀야만 하는 것도 아니고, 그러니까 됐고. 이번에 내가 물을게. 찬혁 씨를 어떻게 생각해?"

찬혁 씨? 급전직하, 청천벽력, 그런 말들이 뇌리를 스치더니 롤러코스터를 타고 기분이 급강하하였다. 내 의사와는 관계없이 온몸의 피가 빠져나가는 것 같았다. 어째서 지금 찬혁의 이야기가 나오는 거지? 내가 좋아하는 것과 언니가 좋아하는 것에 무슨 차이가 있다고. 난 그에 대해 아무런 말도 하지 않았는데.

"놀랐어? 내가 묻는 게 이상하다는 건 아는데, 지금 아니면 기회가 없을 것 같고. 말은 안 하지만, 네가 말한 사람이 찬혁 씨인 것 같아서. 주점에서 찬혁 씨를 본 네 얼굴이 굉장히 복잡해 보였거든."

그런 걸 다 보고 있었구나, 하고 깜짝 놀랐다. 곧 지금은 그런 걸로 놀랄 때가 아니라며 정신을 차렸다.

"찬혁 씨가 아픈 걸 보고 네가 겁난 것 같았어. 근데 그게 전부는 아닌 것 같았고. 사랑한다는 사람이 혹시 찬혁 씨 아니야? 그런데 쓰러져 거품을 무는 걸 보고 두려워하게 됐어. 그 사실에 죄의식 느끼고 있지?…… 아냐?"

언니에게 급소를 찔린 것 같았다.

"아냐, 얘기했던 사진 친구 아냐!"

진심? 스스로를 나무랐다. 진심이라니, 그런 건 없잖아. 진심은 단 한 가지, 찬혁을 사랑한 게 아니었어. 그게 전부야. 지금까지 숨겨왔는데…….

"그 사람도 두물머리에서 만난 친구지만, 내가 말한 사람은 아니야."

어째서 이렇게 울음이 목구멍을 막아대는지 모르겠다.

"그럼 왜 찬혁 씨를 보고 그리 놀라고, 눈도 못 마주쳐? 그냥 아는 사람이라면 그가 그런 병에 걸렸어도 말 못할 내 동생이 아닌데."

언니의 목소리에는 따지는 빛은 없었다. 그런데도 따지는 듯한 기분이 들어 미칠 것 같다. 어째서? 모르겠다. 다른 사람도 아니고 언니가 좋아하는 사람인 것 같아서!

"맘 붙일 데 없어서 좀 의지했지만 그 사람은 아냐. 다른 친구도 생겼고 이렇게 사는 것도 적응이 돼서 괜찮아. 사람은 늘 변하잖아, 변한 내 마음인데 어쩌라고!"

마음과 다른 말을, 맥락이 맞지 않는 이야기를 입에 올린 것은 처음이었다.

"네가 찬혁 씨를 좋아하는 것 같았어. 사실은 나도 첫눈에

반했거든. 그래서 꺼림직했어. 아무리 찬혁 씨가 나한테 첫눈
에 반했다 해도."

"진…… 진짜야. 안심해도 돼."

"다행이다. 다행."

내가 몇 번이고 고개를 주억거리자 언니가 미소를 지었다.
중요한 순간에 예쁜 미소를 짓는 건 반칙이야. 문득 그런 생각
이 들었다. 그걸로 언니와의 대화가 끊겼다. 언니는 욕실로 씻
으러 들어갔다. 창밖으로 날이 흐려지고 있었다. 가슴도 말도
못하게 흐려졌다. 사실은 내가 얘기했던, 사진 친구가 그였다
고 하면 될 것을…….

벌떡 일어나 밖으로 나왔다. 걸음이 무거웠다. 걷는 거고 뭐
고 집으로 돌아가 잠들어버리고 싶었다. 하지만 그저 이어지는
강가를 따라 산책로를 걸었다. 두물머리에 가까워져도 암울한
기분이 가시지 않는 건 하늘이 꾸물거리는 탓인가. 내 마음 탓
인가. 조금만 더 가면 느티나무에 도착할 수 있었다. 하지만 오
늘은 그 나무 가까이에는 도무지 갈 수 없다.

'개애뿔.'

산책길에서 뒤돌아섰다. 머릿속이 뒤죽박죽이었다. 언니에
게 말한 그 중요한 사실이, 정말은 진실이지 않을까 하는 생각
이, 안개 속에서 현실이 보이는 듯도 했다. 언니에게 '사랑을
싸랑한 거였어, 난 괜찮아.' 하고 지껄이던 입이 원망스러웠다.

솔직히 전혀 괜찮지 않았다. 무엇보다 언니가 찬혁의 이야기를 꺼낸 건 반칙이었다. 오늘 밤에 찬혁의 얼굴을 쳐다볼 수나 있을지.

강철이 태우러 왔다. 어젯밤 강가에서의 일은 꺼내지 않았다. 그건 우리에게 고마운 일이었지만 그게 더 두려웠다. 도대체 그의 속을 알 수 없었다. 우리의 대꾸가 없는데도 불구하고, 도시로 접어들자 강철이 시시콜콜한 얘기를 하다가 말다가 했다. 찬혁도 오늘 밤에 주점에 온다. 자기네 가게이므로 언제든 올 수 있다, 잘 드나들지 않는다는 노래주점에 올 거다. 언니를 만나려고!

어지원? 어렴풋한 관심을 보이던 찬혁. 그런데 나는 처음 만난 순간부터 어떤 사람인지 모르면서도 그냥 좋았다. 고딩이 된 후로 처음으로 좋아하게 된 이성이었고 그건 불안하게 다가오는 축복이 아닌 고통이었다. 그러므로 로또에 꼭 당첨되어야 한다. 그러면 짠! 하고 다른 세상이 열릴 것이다. 그걸 소원하고 바랄 뿐이다. 노래주점에 오는 내내 그런 생각을 했고, 출입문이 열릴 때마다 신경이 곤두섰다. 찬혁이 온다는 걸 언니에게는 말하지 않았다. 언니를 만나기 위해 오는 거라는 걸 알기에.

화장실 청소를 끝내고 룸을 지나쳤다. 그러다 보았다. 내 눈을 믿을 수 없었다. 언제부터인지는 모르겠으나, 언니와 그가 있었다. 언니는 그를 바라보기만 했다. 그가 언니에게 다가갔다. 내가 날마다 만나고 싶었던 사람, 이런 곳에서 절대로 만나고 싶지 않은 사람, 그 사람이 언니에게 한눈에 반해서…….

언니의 손을 잡고서 행복에 겨운 표정을 지었다.

'만난 지 얼마나 됐다고? 웃기는 짬뽕이네!'

눈에서 불꽃이 타오르고 입술이 바짝바짝 말라갔다.

'어쩌라고? 언니만 아니었어도 가만두지 않을 텐데…….'

중얼거리는 내 존재가 한없이 처량했다. 찬혁은 자신의 병에 지혜롭게 대처해준 언니를 고마워했다. 언니를 바라보는 그의 눈이 빛났다. 그 눈길로 이제 그와 나 사이에는 막이 내려져 버렸음을 알았다. 조금 전까지 사랑을 노래하던 배우는 사라지고 새로운 배우가 나타나 사랑의 기쁨을 노래할 것이다. 그러면서도 자꾸만 언니가 마음에 걸리고 걱정되었다.

굶주린 것이다, 언니도 나처럼 의지할 수 있는 누군가의 따스한 눈길을.

어떻게 알바를 했는지 어떻게 집으로 돌아와 침대에 누웠는지 기억나지 않는다. 어렴풋이 설거지하다가 술병에 남은 술을 마신 것만 생각난다. 쓰레기통에서 나온 로맨스 소설의 주인공인 나는, 그러니까 그런 거나 읽고 대리만족이나 하는 찌질이는 짝사랑으로 속이 쓰렸다. 머리가 아프고 열이 났다. 결국, 찬혁을 잊게 해줄 만큼의 깊은 잠은 존재하지 않았다.

"괜찮아? 쇼핑을 한다고 생각해봐. 뭔가 새것을 살 수 있을 거야. 옷을 살 수도 있고."

언니의 말에 시선을 돌려버린다.

"하늘색은 내게 잘 어울려. 하늘색을 소화해내려면 피부색이 특별해야 하거든. 그리고 날씬해야 해. 손톱도 칠하고, 신발은 굽이 높은 것으로 골라야겠어."

언니는 웃음을 가득 문 채, 뒤꿈치를 들고 방안을 빙빙 돌았다.

"빕스에 갈 수도 있어. 상상해봐, 우리가 좋아하는 것을 먹을 수 있어."

"스테이크."

나는 아빠가 사주셨던 맛있는 소고기들을 기억해낸다.

언니가 침을 삼켰다. 언니나 나나 어쩔 수 없는 철없는 여고생인 것이다. 머리카락을 매만지며 멋을 부렸지만, 이미 밤은 아침으로 치닫고 있었다. 이런 얘기를 하고 있으니, 지금은 옛날이 되어버린 평범했던 자매처럼 느껴진다. 하지만 난 다시 혼돈에 휩싸인다. 방에서 윤기 나는 것이라곤 거울뿐이다. 거울을 닦는 이유는 얼굴을 보고, 내가 어디에 있는가를 확인하기 위해서다. 언니는 거울을 더 자주 본다. 언니가 무엇을 들여다보는지 궁금하다. 물론 그것이 무엇이든 허상일 뿐이겠지만.

◆ ◆ ◆

"찬혁 씨는 나를 좋아해."

공주병에 걸린 것 좀 봐. 결코 난 그를 좋아한다고 말하지 않는다.

"쓰러졌을 때 돕지 않았으면 언니 따위한테 관심도 없었을 거야.
천년이 지나도. 언니보다 먼저 사귄 예쁜 여자 친구가 있으니까."

침묵이 숨 막힐 정도다. 지나온 세월 동안 이런 얘기는 한 번도 한
적이 없다. 생각에 잠긴 언니의 예쁜 얼굴이 실룩거린다.

긁어버려야 속이 시원한 가려움증처럼, 언니를 할퀴어버리고 싶은
충동을 억제할 수가 없다. 평정을 가장하느라 꼼짝하지 않고 있지만,
언니의 몸은 떨리고 있을 것이다.

"난 언니가 싫어! 언니만 아니었어도……."

목이 멘다.

"행복, 진짜 행복했을 텐데. 이 지옥 같은 곳을 잠시라도 벗어나
두물머리에서만이라도, 영화 속 주인공처럼 웃고 있었을 거야. 언니가
그걸 망쳐 놓았어!"

상자 속에 갇힌 쥐처럼, 뛰는 내 심장 소리가 들렸다. 언니는 어둠
에 가려 있다. 하지만 천장을 응시하는 언니의 시선은 느낄 수 있다.
이내 다가서는 언니의 목소리는 갈라진 소리다.

"우리 만남은 운명이야."

언니는 나를 궁지에 몰아넣었다고 생각할 것이다. 나도 더 밀쳐낸

다. 사랑은 우연과 필연 사이의 우연인 것이다. 우연으로 연결된 사람들만이 운명의 고리를 엮는다. 무수히 많은 필연이라는 실이 사람들 사이에 있다. 그것을 고리로 만들기 위해선 우연이라는 소스가 필요하다.

"우연으로 겹겹이 짜진 게 진짜 운명이야."

"난 누가 먼저 그의 곁에 있었든 상관없어, 그가 말했어. 운명이라고."

스스로를 이토록 기만하는 사람을 본 적이 없다. 저런 언니에게 무슨 말을 할 수 있겠는가.

"찬혁 씨가 뭔가 쇼킹한 이벤트를 준비한다고 했어. 뭘 거 같아?"

언니는 기다린다. 내가 대답해주기를. 난 수틀린 말을 해서 언니를 더 화나게 할 수도 있지만 그러지 않는다. 침묵을 고수한다. 그러다가 침대에서 일어난다.

"벌레에나 물리지 않도록 조심하면서 자."

벌레와 벼룩이 사는 이 오래된 헌 집에서는 소용없다는 걸 알면서도 난 그렇게 말한 것이다. 그러면서 벼룩은 얼음이나 불 속에서도 살아남을 거라는 생각을 한다. 확실히 그들은 우리가 사라진 후에도 오랫동안 여기에 있을 것이다. 희뿌연 빛 속에서 책상 서랍을 연다. 칼은 깔끔하게 자리에 놓여 있다. 칼을 확인하는 게 자기 전의 일이다. 내가 잘 때만 주머니를 벗어나 서랍에서 쉴 수 있는 칼! 칼은 위험천만한 물건이지만 서랍에 있을 땐 몹시 단정하다. 이 집에서 정리된 곳이라곤 서랍뿐이며, 윤기는 거울과 칼날 위로만 흐른다. 집은 그야 말로 난장판이다. 언젠가는 말끔히 치워지겠지만, 아직은 아무도 그런 것에까지 쓸 힘도 여유도 생기지 않았다. 어쩌면 영영 정리를 하지 못할지도 모른다.

사랑을 싸랑한 거야

◇

12

먹구름이 빠르게 잠식해왔다. 비구름은 곧 폭우로 변할 조짐이다. 우리는 버스정류장에서 강철의 차를 기다리고 있다. 언니가 꿈꾸는 듯한 표정으로 나를 쳐다본다. 얼마나 아름다운지 말로 설명할 수가 없다. 돌돌 말린 머리카락은 흐르는 꿀처럼 언니의 어깨 위로 드리워져 있었다. 스커트 길이는 길고 하얀색이었는데 걸음을 옮길 때마다 잔물결이 이는 것처럼 팔랑거렸다. 엄마 옷을 입은 거였다.

"지난밤에 꿈을 꿨어, 찬혁 씨 꿈. 나를 빤히 쳐다보는데 내 모습이 안 보이는 거야. 어디 있나 찾아보니까 하늘을 날고 있더라고."

언니는 눈을 강 쪽으로 돌렸다. 그리고 말했다.

"도착하자마자 찬혁 씨랑 나갈 거야. 끝날 때쯤 올게, 혼자 잘할 수 있지?"

언니는 미안한 표정으로 웃었다. 바람은 마치 해변에서 파도치는 것처럼 우리에게 몰아쳤고, 언니의 머리카락은 야윈 볼을 흩트렸다. 속없는 고딩, 철없는 언니다. 어젯밤 꿈이 불길해서 말할까 말까 망설이는데 강철의 차가 도착했다.

"이따 손님으로 주점에 간다. 네가 요구했던 대로. 그리 알고 대기해라. 알겠지?"

언니는 대답하지 않았다. 강철도 운전에 집중했다. 차에서 내리자마자 언니는 드라이브 갈 거고, 강철은 손님으로서 언니를 찾을 것이다. 오늘 밤이 걱정된다. 어젯밤 꿈이 개꿈이길 바랄뿐이다.

감옥 같은 방이었다. 햇빛이 창으로 방을 내려다봤지만 공기는 차가웠다. 그곳에 내가 갇혀 있었다. 밖으로 나가려고 안간힘을 쓸수록 방이 좁아졌고 문은 열리지 않았다. 지쳐서 주저앉았을 때에 언니가 지나가는 게 보였다. 소리쳐 불렀다. 언니는 안 들리는지 앞만 보고 걸었다. 급히 창가로 가려고 일어나다가 넘어져버렸다. 어느 틈엔가 바닥에 물이 스민 것이다. 일어나려고 애쓸수록 물이 기름처럼 미끄러웠다. 신발이 젖고, 옷이 젖고, 물이 계속 차올라서 일어설 수가 없었다. 그래서 네 발짐승처럼 기다가 벽거울을 보고 비명을 지르다가 잠에서 깼다. 거울에 비친 사람이, 내가 아닌 언니였던 것이다. 땀을 한

바가지나 흘린 꿈으로 너무도 불길해서 기분이 자꾸만 가라앉았다.

강철의 차에서 내려 노래방 건물 앞으로 걸었다. 찬혁이 기다리고 있었다. 흡사 마술에 걸린 것 같은 밤이었다. 찬혁과 언니는, 만나자마자 주점으로 들어가지도 않고 손을 잡았다. 둘이 오랫동안 그래왔던 것처럼.

"갔다 올게."

언니가 미안한 표정을 지었다. 나는 고개를 끄덕이고는 계단에 들러붙은 껌을 보았다. 찬혁이 "그럼, 갈게." 하자 겨우, "네." 했다. 같이 가자는 말을 하지 않나 하는 기다림이 있었다. 하지만 그들에게 난 안중에도 없는 사람이었다. 그는 두물머리로 사진을 찍으러 왔고, 나는 한순간 죽고 싶었고, 그 상황 때문에 우연히 만났다는 것만 명확해졌다. 대기실에 앉자마자 그로부터 문자가 왔다. 문자가 온 건 정말 기뻤지만, 내용은 힘을 빠지게 했다.

- 답답할 때면 주문을 외워, 이 또한 지나가리라!

개애뿔! 거리감이 느껴졌다. 따뜻한 음성은 날아가고 문자만 핸드폰에 떠 있었다. 갈증이 일었다. 생수를 마셔도 갈증이 가시지 않았다. "이 또한 지나가리라! 이 또한 지나가리라!" 주문을 외워도 머릿속이 모깃불을 피운 것처럼 모호했다.

좁아터진 집으로라도 당장 가고 싶었다. 하지만 언니가 끝날 때쯤에 이곳에 온다 했으므로 자유가 없었다. 맘을 진정시키려고 청소를 시작했다. 하지만 내 기분은 초조함과 혼란스러움 사이를 오갔다. 정확히 왜 초조한지, 혼란스러운지 알 수가 없어서 골치가 아팠다. 물론 강철 때문이었다. 네 시간쯤을 그렇게 흘려보냈을 때에 언니는 먼저 집에 가라는 문자를 보냈고, 강철은 나를 찾았다. 4호 룸의 형광등은 파들거렸다. 부채감 때문인지 마음이 무거웠다. 하지만 마주 앉자, 위험에 빠뜨릴 것 같은 부담감은 없었다. 언니를 제대로 알리고 싶은 기분까지 들었다. 그는 나를 거들떠보지 않고 술을 마셨다.

"어지혜를 찾아와."

나는 강철을 슬쩍 보았다. 언니가 누구랑 어딜 갔는지 아는 것이다. 언니에 대한 관심이 저 정도일 줄 몰랐다. 무슨 얘기를 해야 할지, 어디서부터 시작해야 할지 감이 안 잡혔다. 불쑥 엉뚱한 얘기가 튀어나왔다.

"언니를 진짜 좋아하나 봐요."

"무슨 답을 원해?"

강철이 쳐다봤다. 내리훑는 해결사의 눈빛은 나를 하찮은 물건으로 전락시켰다. 강철의 눈빛에는 사람과 사람 사이에 흐르는 친밀감도, 상대를 알고 싶다는 호기심도, 심지어는 마주

대하기 싫다는 불쾌감마저도 나타나 있지 않았다. 무엇 때문에 알바 얘기를 하던 날 저런 눈빛을 보고 시원하다고 여겼을까. 상황이 답답해서 시원한 걸 원해서였을까. 강철의 그 아무것도 담지 않은 눈빛 하나만으로도 채무자와 채권자의 차이가 뚜렷해졌다.

주머니에 손을 넣었다. 칼을 움켜쥔 순간, 해결사가 내 안에 불러일으킨 두려움과는 비교할 수 없는 또 다른 두려움이 전신을 휘감았다. 어젯밤 꿈 때문에 더 무서웠다. 손바닥이 땀으로 젖어들었다. 강철이 문을 잠갔다. 상상해왔던 그대로, 일은 진행되고 있다. 다음엔? 다음이고 뭐고 있을 턱이 없었다.

"니 언니가…… 내 말을 안 들어, 편히 살게 해준대도, 엉?"

강철이 다가왔다. 나는 의자에 앉았고 옆에 강철이 섰다. 굶주린 승냥이는 이제 곧 먹어치울 사냥감의 육질을 상상하며 눈을 번뜩인다. 나는 승냥이의 그 희번덕거리는 눈빛에 포식감을 더해줄 좋은 먹이다. 먹이가 된다는 것은 바로 이런 것이구나, 칼을 움켜쥔 손에 힘을 주었다. 비장해졌다. 나도 모르게 허공을 향해 눈을 부라렸고, 강철과 눈이 마주쳤다. 그 순간 강철이 탁자를 내리쳤다.

"서명해, 신체포기각서야!"

너무 뜻밖의 어휘에 강철의 말이 무슨 뜻인지 알 수 없었다.

"네?"

가능한 공손하게 들리도록 애를 썼지만 밖으로 튀어나온 내 목소리는 퉁명해서 불만이 많은 것처럼 들렸다. 강철의 입술이 낚싯바늘에 꿰인 것처럼 오른쪽으로 끌려 올라갔다. 얼른 눈을 내리깔았다.

"은혜를 원수로 갚아? 빨리 서명해! 오늘 재밌는 걸 가르쳐 줄 테니까."

강철이 펜을 찌를 듯 내밀었다. 눈을 내리깐 채로 그 문장을 곰곰이 되새겼다. '신체포기각서! 소설책에서나 봤던 어휘…… 울컥, 했다. 고개를 들어 강철의 눈을 노려보았다. 강철이 또 탁상을 쳤다. 어쨌거나, 내 힘으로 풀어야 하는 문제인가 보다, 나는 다시 '신체포기각서?'라는 문장에 매달렸다.

"살려주세요! 사정하는 빚쟁이들의 세간을 방망이로 쳐대는 게 돈을 받아내는 데 기본이야. 애들이 모든 일을 알아서 처리해주니 나는 다리를 꼰 채 앉아 있어도 돼. 손톱을 자를 때가 된 것 같다는 생각 따위에 시간을 죽일 때쯤 내 차례가 오지. 그때 '신체포기각서'를 빚쟁이에게 툭 던지고 말해. 기한 엄수, 약속을 매번 어기면 서로 곤란한 것 아니겠습니까? 보건소서 검진 받고 연락주세요. 기다리겠습니다. 도망치는 짓 따위 마세요, 어딜 가나 잡혀요. 그럼 쪽팔리겠죠? 몸으로 때웁시다. 얘기하면 끝이야! 간단하지?"

강철의 입에서 흘러나오는 말은 외계어 같았다. 그중에서도

제일 이해할 수 없는 말은 "꿩 대신 닭이야! 꿩이 드문 세상이
니 꿩 대신 영계라도 잡아야지?"라는 말이었다. 닭이라니? 내
가? 치욕감이 들었다. 마음에 상처가 되고 수치심에 분노가 치
밀었다. 눈에 쌍심지를 켜고 강철을 노려봤다. 곧바로 뺨을 맞
았다. 머리가 제자리로 돌아오는 그 짧은 순간에 머릿속에서는
사이렌이 울렸다. "신체포기각서!"라는 말을 들었을 때부터 울
려대기 시작했던 그 사이렌이 윙윙거렸다. 불시에 날아들 주
먹, 비명을 내지르는 나. 바닥에 나가떨어진 나. 강제로 눕혀져
서 바들바들 벌레처럼 떨어대겠지. 각막이나 신장이 도려내지
겠지. 정신이 번쩍 들었다!

다시 칼을 쥐었다. 몇 번째 움켜쥐는지 모르겠다. 늘 주머니
가 있는 옷을 입어야 했던 번거로움도 오늘로 끝이리라. 어쨌
거나 내가 칼을 움켜쥔 이유는 단 하나, 나를 보호하기 위해서
였다. 그런데 신체포기각서는 정말 상상 못한 일이었다. 입이
바짝바짝 타들어갔다. 강철은 인주를 툭 던졌다. 그리고 제자
리로 돌아가 술을 따랐다. 순간, 벌떡 일어나 문을 열었다. 거
의 본능에 가까운 행동이었다. 자물쇠가 풀렸다. 하지만 강철
이 나보다 한 발 빨랐다. 날렵한 동작으로 앞을 막아섰다.

"친하게 지내자는데 왜 도망을 가? 어지원…… 흐흐흐."

위협과 조롱이 묻어나는 웃음이었다. 두려움이 온몸으로 뻗
어나갔다. 그는 내 말 따위를 들어줄 의사가 전혀 없어 보였다.

"경찰에 신고할 거예요. 경찰!"

"그래야지, 암. 하지만 신고하기 전에 내가 하고 싶은 일을 먼저 하고!"

고개를 끄덕였다. 싱거운 수긍이었고 공격이 시작된다는 의미이기도 했다. 돌연 강철이 멱살을 잡았다. 반은 웃고 반은 분노로 이글거리는 표정이었다.

"어씨 딸들은 나를 바보탱이로 알더라?"

두려움이 어깨와 등줄기를 타고 순식간에 발끝까지 뒤덮었다. 강철의 얼굴이 코앞에 있었다. 입이 얼어붙은 듯 말이 안 나왔다.

"따라와!"

나는 나무토막처럼 뻣뻣해진 몸으로 강철이 잡아당기는 대로 끌려갔다. 이제 어떤 짓을 할지가 환히 보였다. 그런 짓은 반복될 것이고 빚을 갚지 못하는 한 '계속'될 터였다. 생각이 거기에 미치자 겁에 질려 침묵했던 분노가 머리를 쳐들었다. 그렇게는 살고 싶지 않다는 데 결론이 이르렀다. 그러려면 끝장을 봐야만 한다. 그렇지 못할 경우 해결사인 강철에게 저당 잡힌 몸과 영혼은 되찾을 수 없을 터였다. 두려워해도, 왜 폭풍 속으로 뛰어들었는지 후회해도, 피할 수 없는 일이었다. 피할 수 없다면 덤벼야 한다. 코너에 몰리면 쥐도 고양이를 물지 않는가.

그에게 계속 두려움을 느껴왔고, 내내 굴복해왔지만 새로운 것이 나를 덮쳐왔다. 증오였다. 이성의 통제를 벗어나버린 증오, 세상이란 놈과 끝장을 보고 싶다는 유혹을 충동질하는 증오, 이 증오의 세상을 떠나가버리면 그만이라는 충동이었다.

"시키는 대로 할 테니까, 봐요."

강철이 뜻밖이라는 표정으로 킬킬 웃었다. 그의 손을 내리치고 단호한 눈길로 보았다. 신체포기각서가 놓인 탁자를. 강철이 서류를 펼쳤다. 펜으로 뭔가를 쓰기 시작했다. 주머니에 손을 넣었다. 땀으로 칼자루가 미끄덩거렸다. 칼을 꺼냈다. 누름쇠를 눌렀다. 팍!

칼집에서 튀어나온 칼날이 허공을 갈랐다. 강철이 '뭐야, 저거?' 하는 눈으로 치켜들고 있는 칼을 봤다. 강철에게 칼을 겨눴다. 아니, 내 앞의 무수한 세상에 대고 칼날을 겨눴다. 어쩌면 이런 상황에 대한 두려움 때문에 날뛰는지도 모르겠다. '설마 네가 뭘?' 무시하던 강철이 놀라는 것 같았다. 후다닥 자세를 잡으며 씨근거렸다.

"어쭈, 한판 뜨자 이거야? 죽고 싶어서?"

눈 깜박한 새에 칼을 든 내 손목을 내리쳤다. 그걸로 끝이었다. 칼이 바닥으로 떨어졌다. 한 번도 휘둘러보지도 못한 내 칼. 몸이 부르르 떨렸다.

"왜 떨어? 너도 간질이냐?"

그 말과 함께 강철이 내 입을 막았다. 입을 막은 차가운 기운이 몰려오면서 룸의 불빛이 시야에서 사라졌다. 휘익-

어쩌면 모든 게 꿈인가도 싶다. 차창으로는 두 개의 가로등이 은빛을 발하고 있고, 비바람이 불고 있다. 태풍이 도착한 모양이다. 하늘이 어두운 걸로 봐서 비가 머츰한 것 같다. 스스로 묻지 않을 수 없다.

'나는 살아 있는 거야?'

대답은 '살아 있다'였다. 하지만 살아 있다는 것이 앞으로도 살아 있을 거라는 뜻과 같은 뜻은 아니다. 그렇다, 난 자동차 뒷좌석에 쓰러져 있었다. 손을 움직여 보아도 발끝을 까딱거려 보아도, 힘이 생기지 않는다. 어떻게 해야 이 궁지에서 벗어날 수 있을까. 온갖 궁리들을 떠올렸지만 신통한 게 없다. 한 가지 분명한 것은 내 몸인데도 내 맘대로 움직일 힘이 생기지 않는다는 자각뿐이다.

'도희나 찬진에게 메시지를 보낼 수만 있다면……'

번쩍, 번개가 부질없는 바람이라고 일러준다. 태풍이 몰려온 깊은 밤에, 잠들어 있지 않을 사람이 있을 리 없고, 강철이 벌겋게 눈뜨고 있는 한 핸드폰을 만진다는 건 불가능하다.

"맘을 다지는 덴 담배가 최고지."

강철이 조수석을 앞으로 확 당겨서, 뒷좌석으로 넘어왔다. 그러고는 쿡, 하고 웃으며 눈을 찡긋거렸다. 저 웃음의 의미는 뭘까? 뭐, 어찌 되었든. 비위를 맞추기로 작정했다. 그런 나에게 강철이 내 칼이 우습다는 듯이 건네주었다.

"생각보다 귀엽단 말이야, 통감자 너. 이걸 칼이라고 갖고 다녀? 무도 안 썰리겠다. 내가 좋은 칼 하나 선물해?"

강철에게는 내 칼이 그렇게 보일 수도 있겠다. 나는 목이 아파서 켁켁거리면서도 소중한 칼을 받아 쥐었다. 도대체 이 사람의 행동을 이해할 수가 없다. 뒷좌석으로 넘어온 걸 보면, 정신 잃게 한 후에 무얼? 아니, 신체포기각서는 어떻게 됐지? 설마 손을 끌어다 사인한 건 아니겠지? 만약 그랬다면 어떡하지? 강철이 무시하고 돌려준 칼이 날 보호해줄 수 있을까? 칼을 오른손에 쥐었다. 신체포기각서가 강철의 주머니에 들어있나 살폈다. 예상은 깨졌다. 내가 영화나 드라마를 너무 많이 본 모양이었다.

"내려."

강철이 혀 풀린 목소리로 말하고 차문을 열었다. 얼른 주머니에 칼을 집어넣었다. 바닥에 내려서자 몸이 휘청거렸다. 강철도 비틀거렸다. 주점에서 마신 술 때문인 것 같다. 강철이 바닥에 담배를 던지고, 담뱃불을 발로 짓뭉갰다.

"어지원, 내가 무섭냐?"

나는 대답 대신 강철이 짓뭉갠 담배꽁초를 내려다보았다. 그것은 바닥에 납작 눌려 있었다. 짓밟혀 죽은 지렁이가 떠올랐다. 살기 위해 꿈틀거리는 지렁이가 짓눌림 끝에 종잇장이 돼버린 것. 입을 꾹, 앙다물었다.

"왜 입을 악물어? 너 키스 한 번 못해봤지? 이 친절한 오빠가 가르쳐줄까?"

다시 분노가 솟구쳐 올랐다. 분노에 파르르 떨고 있자니 턱이 아려왔다. 강철을 쏘아보며 악을 썼다.

"경찰에 신고할 거예요! 지금 미성년자를 폭행하고 있다고!"

화가 폭포수처럼 쏟아졌다. 그냥 강물로 팍 뛰어들고 싶었다. 이 순간이 내 삶의 한 매듭이라는 느낌에 사로잡혔다. 강철이 나를 노려보았다.

"어려서 봐줬더니 죽고 싶어? 엉?"

어둠의 동굴 속에 갇힌 듯 두렵고 답답했다. 어째서 본전치기 로또조차 당첨되지 않는 걸까? 희망은 존재하기는 하는 걸까? 이 고통에서 벗어나고 싶다. 강철이 점점 다가왔다. 지금 후다닥 뛰어 달아날 수도 있고 가슴에 칼을 꽂을 수도 있다. 그가 하찮게 여기는 칼이 주머니에 있으니까. 언니 구출작전 때 숲속에서 했던 도희의 말이 떠올랐다.

백 미터를 10초 안에 주파해도 무슨 소용이야. 나는 죽어라 상대를 향해 달려가는데 상대가 총을 쓱 꺼내면 가는 세상 달리기 잘한다고? 주먹 세다고? 실전에서 제일 싸움 잘하는 사람이 누군지 알아? 싸움을 걸어오면 맞는 게 무기야. 깔깔깔 웃었던 개그 수준의 도희의 말이 뼈와 살이 된다. 하지만, 마취약 때문인지 어지럽다. 태풍의 사위는 어둡고, 달아나도 금방 잡히리라는 판단이 선다. 강물 위로 가로등 불빛이 출렁이고 있다. 불빛이 물속으로 숨어버린다. 후드득 비까지 쏟아지기 시작했다. 강철을 죽일 것 없이…… 내가 세상을 끝내버리는 게 깔끔할 것이다! 바람에 출렁거리는 강물이 시커멓다. 뛰었다. 하지만 강철이 더 빨랐다. 내 뒷덜미를 잡더니 몸을 돌렸다. 몸부림치며 강 쪽으로 온 힘을 다해 걸음을 끌었다. 멱살에 숨이 막혀 온다.

"읍! 읍!"

내가 숨넘어가도 강철은 놔주지 않았다. 발로 강철의 다리를 마구 찼다. 다리가 아픈지 강철이 손을 떼었다. 그 순간 몸을 뺐다. 강철을 세게 밀치고 강으로 뛰었다. 하지만 술 취한 사내도 사내였다. 한 번 휘청했을 뿐 여전히 우악스러웠다. 돌로 경계를 만들어 놓은 곳, 강을 가장 가까이에서 볼 수 있는 곳이다. 강가는 그리 깊지 않다고 들은 남한강, 물소리는 세다. 나를 부르는 것 같다. 독해질 때다. 그만, 힘든 세상을 안녕! 하자. 몸을 세게 뒤트는데 강철이 일격을 가했다. 아찔해져서 앞으로 쓰러졌다. 위치가 바뀌어 강철이 강의 경계석 앞에 섰다. 그걸 감지하자 몸이 파르르 떨렸다.

세게 밀치면 돼! 강철은 이성이 마비됐는지 강가에 아스라이 서 있는 걸 모른다. 놈과 두 발자국쯤 떨어져 있다. 까짓것 같이 죽겠다고 독하게 다잡을수록 독한 맘은 사라져버린다. 오로지 나약성만 보인다. 그대에게 묻겠다. 그대가 나라면 어쩔 것인가? 제발, 말 좀 해주라! 놈을 죽이면 나도 죽겠지. 강철이 멱살을 잡아 일으키려 했다. 그 순간 놀라서, 발로 놈을 확 밀쳤다. 휘청한다. 다리가 엇갈려 넘어질 뻔한다. 화들짝 강으로 떨어지지 않으려고 버둥거린다. "제발." 놈이 애원하며 균형을 잡으려 애쓴다. 반쯤 무너져 팔을 휘둘렀지만, 놀라서 놈을 붙잡으려고 팔을 내밀었지만,

"으아악!"

철썩! 뱃속이 격렬하게 뒤틀렸고 피가 얼어붙은 것 같았다. 숨을 내쉬었다. 그때야 정말로, 무슨 일을 했는지 인식했다. 순식간에 기어가 경계석에서 소리쳤다.

"거기요, 거기요!"

아무런 대답이 없었다. 벌떡 일어났다.

생각이 많은 여고생이, 고의로는 벌레 한 마리 죽이지 못하는 내가 사람을 죽인 것이다. 아아악! 하지만 비명 대신 끽끽 소리만 났다. 끽끽 소리에 놀란 듯 비가 세차게 쏟아졌다. 얼굴을 때렸다. 에, 에취! 갑자기 재채기가 나왔다. 그와 동시에 뛰었다. 나도 죽어야 하는데, 같이 죽어야 하는데…… 달렸다. 산자락 밑에서 강철의 차가 나를 건너다 보았다. 검은 눈을 번

득이며 비를 빨아들이고 있었다. 강철도 물이 허파에 찰 때까지 물을 빨아들이고 있을 터였다. 그 생각을 뭉개버리듯 필사적으로 뛰었다. 살인, 사람을 죽인 것이다. 심장이 옥죄어 왔다. 있을 수 없는 일이야. 어떡해…… 집으로는 갈 수 없었다. 비는 기세를 더해 나를 때려댔다.

비가 거세게 몰아쳤다. 쉽게 그칠 것 같지 않은 비였다. 바람이 심하게 불어서 빗줄기가 날뛰었다. 정말로 세상이 망하기라도 할 징조처럼 보였다. 아니면 내가 망할 징조이거나. 쏟아지는 빗줄기를 뚫고 앞으로 뛰어가는 사이에 지독한 외로움이 찾아왔다. 누가 떠민 것도 아니고 스스로 최악의 상황을 만들어 놓고는 이런 감정을 느낀다는 게 좀 우스웠다. 하지만 정말 그랬다. 나는 지독하게 외로웠다. 누구든 붙잡고 아무 말이나 내뱉고 싶었다.

◆ ◆ ◆

죽음도, 삶도 이런 것이다. 어이없고 하찮은 우연이 삶을 이끌어간다. 그러니 뜻을 캐내려고 애쓰지 마라. 삶은 그냥 농담인 것이다! 내가 살인을 하리라고 누가 상상이나 하겠는가.

할아버지의 편지에 쓰인 글귀가 따라붙었다. 아빠의 자취를 엉뚱한 곳에서 들었다고 써 보내준 편지. 아빠에 대한 더 이상의 언질은 없었다. 그것 대신 할아버지는 톨스토이 인생론, 사람들이 고해 같은 세상이라면서도 계속 살아가는 이유를 써 보내는 데 심혈을 기울인 것 같았다.

사는 게 힘들어 자살을 작정한 사람이 광야를 헤매고 있었다. 그런데 어디선가 사자가 나타나자 죽어라 내달렸다. 자신이 죽으려고 결심한 걸 잊은 듯. 사자는 계속 쫓아오고 사람은 나 살려라, 도망쳤다는 부분을 읽을 때 언니와 나는 웃었던가. 죽을힘으로 도망치다가 광야에 돌로 쌓아 만든 우물과 나무를 보자마자, 재빨리 나무에 올랐다고 한다. 살았구나, 살았어! 나무에 매달려 안도의 숨을 쉬는데……투두둑 나뭇가지가 부러지는 소리였다. 괜찮아, 아래에 마른 우물이 있으니까, 우물 속을 내려다보니, 독사가 우글우글……역시 죽을 운명이었어! 하늘을 올려보는데, 투둑 입술에 뭔가가 떨어져 핥았다고 한다. 아~ 달다! 아~달다! 하면서. 자살을 결심한 것도 잊은 채. 나무의 벌집에서 떨어지는 꿀의 달콤함에 취했다고 한다. 자살하려던 사람이……그런 찰나의 달콤함으로 인간은 계속 살아나가는 거라고 강조하며 할아버지는 편지를 마무리했다.

하지만 나에게는 그 찰나의 달콤함조차 없다. 본전치기 로또 한 번 당첨되지 않았다. 그거라도 됐다면 그 실오라기의 희망이라도 붙잡았을 텐데. 삶의 뜻도 캐지 않는데 왜? 왜 그것마저도 신은 허락하지 않는 걸까. 빗속을 내달렸다. 죽어라 내달릴 수밖에 없었다. 그러므로 강으로 뛰어들 수밖에 없었다.

◇

13

비는 '어디 당해봐라'라는 듯 더 무섭게 쏟아졌다. 가로수가
머리를 휘두르고 뭔가 우당탕탕 굴러다녔다. 두물머리의 산책
로로 접어들었다. 산책로에는 사람의 자취는 없고 온통 물, 바
람, 어둠만 있었다. 거센 비바람에 가로등 삿갓이 마구 머리를
흔들고, 카페의 문짝이 가로로 매달린 채 덜컹거렸다. 하늘 전
체가 헛구역질을 해대며 더 세게 얼굴을 때려서 꼼짝없이 숨
막혀 죽을 것 같았다. 느티나무도 신음하듯 연신 소리를 질러
댔다. 듬직한 덩치여도 폭우엔 휘둘릴 수밖에 없는 모양이었
다. 그건 아빠 같은 느티나무도 내게 더 이상 안식처가 되지 못
한다는 뜻이었다.

느티나무 아래의 벤치를 바라보았다. 파노라마처럼 찬혁
과 함께했던 순간이 떠올랐다. 등대의 불빛처럼 이곳에서 사

권 도희와 찬진이 번쩍 떠올랐다. 휴대폰을 꺼내 두 친구에게 문자를 찍었다. 그들이 문자를 확인하기에는 깊은 새벽이므로 아침에나 확인하리라. 휴대폰의 사진 갤러리를 클릭했다. 사진을 보니 그들과 함께한 시간이 생생히 살아났다. 찬혁이 사준 로또 세 장을 인증 샷으로 찍은 사진이었다. 주점에서의 알바를 견디게 해준 뜬구름 같은 희망의 로또…… 삭제할 수가 없었다.

먼저 휴대폰을 죽여버리고 나도 숨을 끄기로 했다. 전원을 껐다. 휴대폰은 숨을 멈추고, 어둠속으로 먼저 들어갔다. 내게 남았던 한줄기 빛마저 사라진 것이다. 벤치 위에 핸드폰을 놓았다. 신발을 벗어 핸드폰 위에 놓았다. 돌아서 족자섬을 향해 걸었다. 지나온 발자국을 닮아서 족자섬이라고 불린다는 섬을 향해.

강가 끄트머리에서, 다시 한 번 느티나무 아래의 벤치를 보았다. 찬혁, 내 첫사랑인지, 짝사랑인지 모를 내 사랑아, 짧았던 내 삶의 발자취여, 이제는 안녕!

마치 높이뛰기를 하듯 강으로 뛰어들었다. 첨벙! 깊을 것이라 예상했던 것과 달리 강물은 허리까지의 깊이였다. 이제 저기 외로이 떠 있는 족자섬을 향해 계속 걸어가면 되리라. 비틀거리며 몇 걸음 걷자 지갑 속에 넣어둔 로또가 떠올랐다. 주머니에서 지갑을 꺼냈다. 찬혁이 사준 로또라서 꼭 당첨될 거라고 생각했는데, 당첨과 상관없이 영원히 간직하려고 사진까지 찍어두었던 로또복권 세 장. 이제는 아무짝에도 쓸모없는 희망이었다. 물에 젖어버린 희망, 찢어버릴 것도 없는 로또를 꾸깃꾸깃 뭉개서 강물에 던져버렸다.

계속 족자섬을 향했다. 비바람이 쏟아져선지 물속은 생각보다 걷기 어려웠다. 가슴께까지 물이 찼다. 조금만 더 들어가면 입으로 귀로 물이 쳐들어오리라. 하늘에서 퍼붓는 빗방울의 기세도 수그러들지 않았다. 목까지 물이 차오르자 무서웠다. 눈을 감으면 덜 무서울 것이다. 꼬옥 눈을 감았다. 한 발, 두 발을 떼었다. 입으로 물이 밀려들었다.

"멈춰, 어지원 멈춰! 더 가면 안 돼!"

소리가 들렸다. 물속으로 풍덩 뛰어드는 소리도 났다. 뒤돌아봤다. 환청이었다. 헛소리를 들은 것이다. 느티나무와 가로등이 그만, 돌아오라고 애원하듯 했다. 무서우니까 헛것이 보인다, 생각했다. 그런데 정말로 누군가가 나를 향해 급히 다가오고 있었다. 찬혁이었다. 아니, 찬진이었다. 짜증이 일었다. 나는 왜 죽는 것마저 쉽지 않은가. 찬진은 생각과 달리 금방 다가와 팔을 붙잡고는 나를 강가로 잡아끌었다. 나는 돌아가지 않을 작정이었으므로 몸부림을 쳤다.

"해결사를 죽였어. 난 살인자야, 저쪽 강에 밀어버렸어. 나도 죽어야 해!"

181

"아냐, 사람은 쉽게 죽지 않아. 봐, 강가는 생각보다 깊지 않아! 그는 죽지 않았을 거야, 어른이잖아. 걱정하지 마!"

"술 취해서 헤엄치지 못했을 거야! 그 해결사가 아니어도 그냥 죽고 싶어, 죽게 놔둬, 제발! 제발!"

그 바람에 찬진이 내 팔을 놓쳤다. 물속으로 넘어졌다. 꼬르륵 입으로 물이 밀려들었다. 허우적거리다가 겨우 일어나 캑캑거리며 물을 뱉어냈다. 죽겠다던 사람이 물이 밀려들자 살겠다고 입속의 물을 뱉어내다니 한심했다. 찬진이 내 팔을 잡고 힘차게 끌어당겼다. 몇 번 버티다가 그것도 힘이 들어서 끄는 대로 몸을 내맡겼다. 강물이 허리께 차는 곳에 이르렀다.

"추워서 떠는 것 좀 봐."

옷에서 물이 흘러내렸고 그게 찬진의 물기와 합쳐졌다. 오줌 싸고 싶어서 그래, 라는 말에 찬진이 크게 웃었다.

"내숭떨지 말고 그냥 싸."

느닷없이 소변이 급해져서, 차가운 강물에다 뜨거운 오줌을 쏟을 수밖에 없었다. 그러면서 나는 웃었고 또 울었다.

"엄마, 힘들어, 힘들어 죽겠어."

찬진의 가슴에 얼굴을 묻고서 울었다. 부르르 떨렸다. 물속에서 서로의 체온을 느끼는 것은 가까운 관계가 맺어지는 행위였다. 그 허물없는 것에 무겁게 느껴지던 세상 일이 가벼워지고 녹아내리는 듯했다. 빗줄기와 다른, 눈자위에서 입술로 흐르는 뜨거운 눈물 위로 손이 닿았다. 따뜻한 온기가 느껴졌다.

비는 쉬지 않고 내렸다. 찬진은 내 얼굴 위로 흘러내리는 눈물인지 빗물인지 모를 물기를 계속 닦았다. 그예 손바닥으로 얼굴을 감쌌다. 이빨이 딱딱 부딪칠 때까지 그러고 있었다.

"눈물이 따뜻하다. 따뜻해."

찬진이 웃었다. 울먹임을 애써 누른 웃음소리가 내 귓가를 때렸다. 그렇게 빗물과 눈물을 훔쳐내다가 아무것도 하지 않는 상태가 되었다.

"그런데 우린 언제부터 친구가 된 거지?"

나는 빗속에서 흐릿하게 보이는 찬진의 얼굴에 시선을 고정했다.

"처음 본 순간부터 친구였나?"

부드러운 목소리로 그가 말했다. 나는 이빨이 부딪칠 정도로 덜덜 떨고 있었다. 그걸 알아차린 듯 찬진이 나를 감싸 안았다. 강물이 차가운 만큼 그의 품속은 따뜻했다. 그러다가 덜덜 떠는 상대를 봤다. 빙그레 미소 짓는 찬혁, 아니 찬진이었다. 나를 위안해준 그 멋진 미소, 나를 살게 해준 따스한 눈길의 그가 내 앞에 있었다. 나 따위가 뭐라고…… 눈물겹도록 고마웠다. 그에게 바짝 붙어서 그의 눈을 바라봤다. 두 손을 펴서 그의 젖은 얼굴을 감쌌다. 눈이 마주쳤다. 숨결이 오고갔다. 그러자 심장이 고동쳤다.

"너, 심장이 빨리 뛴다."

찬진이 나직이 말했다. 따뜻한 음절들이 얼굴에 닿아 간지러웠다. 나도 모르게 숨을 깊게 들이쉬었다. 그가 뱉어낸 호흡이 몸 안으로 빨려 들어왔다.

"너랑 친해진 게 기뻐서 심장이 박수치나 봐."

가만히 내 입술을 그의 입술 위에 올렸다. 보드랍고 촉촉한 생크림케이크에 입술을 지그시 올리는 느낌이었다. 그가 부드럽게 내 입술을 받아들였다. 생크림을 핥듯 입술이 포개졌다.

비는 우리들의 입술 위로 계속 쏟아지고 있었다. 그의 품은 포근했고, 입술은 싱그럽고 달콤했다. 빗소리와 빗물과 풋풋한 떨림이 우리를 감싸고 있었다. 첫 키스였다! 근접과 응시가 일으킨 친근이었다. 그렇게 체온을 나눴다. 따뜻한 온기는 늘 찬 공기를 끌어당겨 덥히는 게 섭리였다. 키스라고 이름 붙일 수 있을지 모르겠지만 따스한 기운이 오고갔으며 가고왔다. 이윽고 떨어졌을 땐 따뜻한 솜이불에 파묻혔다가 나온 기분이었다. 하지만 몸이 덥혀진 만큼 물의 차가움에 더 떨려왔다. 떨림의 파장이 커졌다. 빨리 따뜻한 곳으로 가고 싶었다.

"찬혁 형 방으로 갈래?"

"해결사부터 찾아야 해. 걱정되어 죽을 거 같아."

"그건 알아서 할게."

나는 몸서리를 친 다음에 고개를 끄덕였다. 이런 모습이 나는 나인 듯싶고 찬진은 찬진인 듯싶었다. 다만 찬혁만 내가 알던 찬혁 같지 않았다. 내가 사랑한 존재가 그 무엇이라고 명명할 수 없는 다른 사랑으로 변해버렸나? 언니의 말대로 여태껏 사랑을 싸랑한 것인가. 위안을 바라는 데서 비롯된 짝사랑? 첫사랑?

찬진이 이끄는 대로 느티나무 아래로 갔다. 찬혁이 떠올랐다. 찬진에게 미안했고, 찬혁의 방에 갈 수 없을 것 같았다. 이제야 제정신이 든 거였다. 하지만 지금 상황에서는 선택의 여지가 없었다. 어떤 일이든 칼로 자른 무처럼 깨끗한 시작과 결말을 본 적이 없다. 낮이 밤이 되는 순간을 특정할 수 없는 것처럼. 누군가 그랬다. 인생은 그렇게 명료할 수 없다고. 그러므로 찬진이 건네준 신발을 신고 핸드폰을 받아들었다. 비가 쏟아져서 산책로고 뭐고 구분이 안 되었으나 빗길을 좀 걷자 찬진네 집이었고 우리는 나무울타리 틈으로 기어들었다. 찬혁이 사용한다는 뒤쪽 방문에서 머뭇거렸다.

"걱정 마. 추위만 가시면 집에 데려다줄게."

찬진이 계단을 잘 올라갈 수 있도록 손을 당겨주었다. 찬진의 말대로 집으로 가기에는 꼴이 말이 아니었다. 장난이 아니게 으슬으슬 떨렸다. 스위치를 켜자 불이 들어왔다. 한 칸 방에 침대, 옷장, 소파가 있고 한쪽에 화장실이 딸린 소박한 방이었다.

"따뜻한 물로 몸부터 덥혀, 안 그러면 감기 든다. 난 나갔다 올게."

찬진이 문을 열자 축축한 기운이 밀려들었다. 번개와 천둥이 귀와 눈을 때리며 지나갔다. 나는 문이 닫히기가 무섭게 샤워를 했다. 뜨거운 물로 온몸을 덥히고 또 덥혔다. 따뜻한 물이 그저 감사했다. 세상 걱정은 씻겨 내려갔고 포근함이 수증기로 피어올랐다. 이런 찰나의 달콤함으로 사람들이 살아나가는 구나! 할아버지 편지의 인생론에서처럼, 아, 달다, 달다! 라는 찰나의 충만감과 행복감이 떠올랐다. 인간들을 계속 살아가게 만든다는 힘, 그런 행복감이 한동안이라도 계속됐으면 싶었다.

"이걸 마셔봐. 기운이 날 거야. 엄마 거 훔쳐왔어."

찬진이 홍삼액을 건넸다. 나는 조심스럽게 비닐팩을 잡았다. 잘못 눌러 팩 속의 홍삼물이 흘러나와버렸다. 방울져 떨어지는 순간 찬진이 홍삼팩을 잘 잡아주었다. 왠지 찬혁과 있는 것 같았다. 곁에 있을 때 따뜻한 것에 푸근히 잠기는 듯한 느낌, 어딘가 어긋난 부분에서 웃음 짓게 하는 것도 비슷했다. 그립고, 돌아가고 싶은 기분이 들었다. 하지만 가슴 한편에서는 이대로도 괜찮다는 생각도 스며들었다.

"해결사가 빠졌다는 곳에 오토바이 타고 갔는데, 사람도 차도 없어. 어른이라서 괜찮을 테니 걱정하지 마."

찬진의 조용한 목소리와 맑은 눈. 너무 맑아서, 찬진을 찬혁으로 착각한 내 수치가 부끄럽고 미안했다. 하지만 자살했을 나, 죽어 있을 나를 구해준 생명의 은인과 마주할 수밖에 없었다. 그러자 확고했던 감정들과 요즈음의 뜨겁던 나까지 사라져버린 듯한 기분이 들었다. 여러 의미에서 찬진은 또래의 편안함으로 다가오고 있었다. 젖은 유리창 너머로는 비가 가로등을 배경으로 하여 황금빛으로 너울거렸다. 찬진은 한밤중에 비 내리는 강물에 뛰어들었으면서도 괜찮은지 내 핸드폰을 드라이기로 말리고 있었다.

"아침에, 내가 강물에 빠져 죽었다는 소식을 들었다면?"

"끔찍한 소리 마. 내가 문자를 못 봤다는 생각만 해도 아찔하다, 아찔해."

"그 아저씨도, 진짜 괜찮겠지?"

"원수 같았을 텐데, 걱정 돼?…… 걱정 마. 내 말이 맞을 거야."

"지금은 아무 일 없기를 기도할 뿐이야. 근데 겉모습에 속지 말라더니, 그 말이 맞는 거 같아."

"무슨 말이야?"

"내가 처음 이곳에 왔을 때, 여기 잔디밭하며 고양이까지 그렇게 아름다운 광경은 난생처음 본 거라서, 또 그렇게 잘생기고 근사한 사람은 평생 마음 아파할 일이 없을 거라고 생각했거든. 그런데 산책하면서 깨달았어. 아무리 아름다운 풍경이라도 마음 아픈 일까지 다 덮어줄 수 없다는 걸 말이야."

"늘 웃는 밝고 맑은 사람일수록 혼자 더 운대."

나는 찬혁의 침대에서, 찬진은 소파 위에서 이불을 한 장씩 둘둘 만 채 드러누워 얘기했다.

노래주점에서 시달렸고, 강가의 공원에서, 두물머리로, 강물 속에서 죽음과의 실랑이로 힘든 시간을 보냈기에 극도로 지쳐 있었다. 집은 끊임없는 빗속으로 잠기어가고 나도 잠 속으로 빠져들었다. 비나 잠이나 축축하고 진했다. 끝없이 물에 젖어들다가 퍼뜩 눈을 떴는데 여전히 빗소리가 들렸다. 불도 끄지 않고 잠들었다. 여기가 어디지? 당황해서 주위를 살폈다. 곧 내가 있는 곳이 찬혁의 방이라는 걸 떠올렸다. 눈을 몇 번 감았다 뜨면서 날아간 감각을 하나둘 되찾았다. 물속에 들어갔다 나와선지 몸이 개운치 않았다. 이불을 걷어내고 억지로 몸을 일으켰다. 몸은 땀범벅인데, 공기는 싸늘했다. 내 기척에 깼는지 찬진이 소파에서 말했다.

"춥지? 여름에도 강가라 새벽엔 추워."

나는 추위보다도 엄마가 걱정하실 게 걱정된다고 말했다.

"데려다줄게. 네 눈은 별처럼 빛나. 별처럼 빛나는 청춘이 죽음을 생각하면 안 되는 거 알지?"

남자와 여자는 생각부터가 다르다더니, 때 아닌 칭찬에 발을 헛디뎌 지구가 푹 꺼지는 듯 아뜩해져서 대답을 못했다.

밖은 비 묻은 바람이 설렁이고 있었다. 위태롭게 떠 있는 시커먼 구름이 재촉하는 듯 바삐 움직였다. 거기에 또 하나의 불빛이 소리 없이 움직였다. 찬진이 스쿠터를 끌고와 손짓했다. 집에서 좀 떨어진 곳까지 시동을 켜지 않았다.

"이제 오토바이가 안 무섭지?"

나는 찬진의 허리를 붙잡고 탔다. 오토바이가 순간 흔들렸고 물바람이 퍼져나갔다. 찬진의 몸은 따스한데 물바람은 구슬펐다. 사람이 원래 외로운 존재라는 것이 이런 맘을 두고 한 말일 것이다. 찬진의 등에 얼굴을 기대고 본 거리는 고속도로처럼 넓게 보였다. 저편으로 뭔가가 뭉텅 빠져나가는 듯했다.

"힘든 상황이라고 도희한테 들었어. 하지만 죽기에는 젊고, 예뻐. 힘들면 우리를 불러. 친구 좋다는 게 뭐야, 다시는 강물에 유혹 당하지마라!"

아직도 흘릴 눈물이 남았는지 주르륵 흘렀다. 풍경이 번지면서 기묘한 물무늬가 눈앞에 펼쳐졌다. 새벽에 이러고 있는 게 이상도 하지만, 닥친 사람에게는 뭐든, 저절로 그렇게 되는 게 있다. 내 생각이 나를 두렵게 한다는 것을, 확실히 깨달았다. 그래, 지금까지의 일도 앞으로의 일도, 하느님이 눈가리개를 해주었을 뿐이지. 지금을 실컷 살아내라고. 아직 살아 있다! 라는 경이로움. 할아버지의 씨앗론에서 살아남은 이 순간도 찬혁이 말해준 명언처럼, '이 또한 지나가리라!'

현관문을 조심히 열었다. 엄마는 잠에 빠진 듯 기척이 없다.

다행이다. 언니는 아직도 돌아오지 않았다. 어디에 있는 걸까? 전화해줄 여유도 없는 걸까? 엄마께 도희네 집에서 놀다 늦어서 죄송하다는 문자를 날리고 종종걸음으로 거울 앞에 섰다. 찬진의 옷을 입은 내 모습이 거울을 조정한다. 머리를 귀 뒤로 넘긴다. 거울에 얼굴을 바짝 댄다. 예쁜 언니가 거울 속에 있다. 커다란 눈에 두툼한 입술의 언니, 아니 나였다! 사노라면 저절로 살이 빠진다더니, 그동안 살이 많이 빠진 것이다. 살에 묻혀 있던 윤곽이 살아나 있었다. 꼭 언니가 그곳에 있는 것 같았다. 거울을 더 당겨서 언니와 나를 단절시킨다. 사랑하는 찬혁과 언니, 내가 좋아하는 두 사람……, 나에게 책임이 있는 양 재갈을 물리는 현실……. 언니에게 서운함이 밀려들자 피로가 몰려와 침대에 털썩 주저앉았다. 언니가 없는 방이 쌀쌀맞게 느껴졌다. 멍하니 언니의 침대를 바라보다 내 침대로 기어들었다.

　이런 게 실연인가? 열이 끓는 머리로 생각했다. 머리가 복잡한데도 불구하고 깊은 잠을 자고 눈을 떴다. 언니 없는 집이 비현실적으로 다가와 꼭 꿈속에 들어와 있는 것 같다. 감기 기운처럼 으슬으슬 추웠다. 내가 살아 있는지 확인하는 것처럼 휴대폰을 확인했다. 찬진이 드라이기로 물기를 말려준 핸드폰에는 강철의 부재중 통화가 떠 있었다. 찬진의 말대로 살아 있는 거다. 길게 안도의 숨을 내뱉고 문자를 봤다. 도희와 찬진이 소식을 주고받았는지 내가 죽여줄게! 어젯밤 문자에 답해 놓았다. 도희다운 문자였다. 엄마는 주무시는 모양이었다. 욕실에서 얼굴에 찬물을 끼얹고 거울을 보았다. 거울 속에 머리숱이 많고, 얼굴이 하얗고, 충혈된 커다란 눈의 여고생이 있었다. '씨발'이나 '존나' 같은 말을 절대하지 않을 것 같은 얼굴이다. 언니만큼은 아니지만 예쁘다. 풋, 미소가 번졌다. 살아남길 잘했다! 창밖에 먹구름은 사라지고 모든 것이 햇살에 반짝반짝 빛났다. 어젯밤 자살을 결심한 내 문자에 놀랐을 도희에게 문자를 찍었다.

　- 네가 죽여주지 않아서, 자살 실패! 첫사랑이 내 대신 죽음.

문자가 낯설고 새삼 어색했다. 그래도 망설이면 생각이 바뀔 것 같아서 그대로 전송 단추를 눌렀다. 그러자 곧바로 손안의 휴대폰이 부르르 진동했다.

　- 그래서?

도희의 대답은 간단했다. 그래서?

　- 언니의 사랑이 시작됐다. 바야흐fh.

한글로 바꾸기가 귀찮아 그대로 보냈다. 곧바로 휴대폰의
진동이 울려서 문자인 줄 알았는데, 화면에 도희가 떴다. 할 수
없이 전화를 받았다.

"빨리 좀 받아라. '바야흐fh.'가 뭐야?"

"뭐라고?"

"아니, 그건 됐고, 지금 양수역 앞 카페로 와."

전화가 끊겼다. 일방적으로 끊긴 휴대폰을 보면서 도희와의
통화를 이해하려고 노력했다. '바야흐fh.'라니 무슨 말이지?
양수역 앞 카페? 바깥으로 나왔다.

비 개인 바깥공기는 신선했다. 아이들이 놀고 있었다. 아이
들의 웃음소리가 좋아서 한동안 서 있었다. 도희가 자전거를
타는 모습이 보이지 않아 천천히 걸어도 될 것 같았다. 카페는
한산했는데 도희는 벌써 도착해 있었다. 도희는 묻지도 않고
모카커피를 주문했다.

"웬 모카커피?"

"당을 보충해주지 않으면 네가 죽을 것 같아서."

"쉬 죽을 내가 아니지."

"그럼 다행행."

도희는 코웃음 치더니 쟁반을 받아왔다. 모카커피에 빨대를
꽂더니 내 앞에 내려놓았다. 컵 위의 하얀 생크림을 물끄러미
바라보는데, 내 컵에 도희가 자기 빨대도 꽂았다.

"이마를 맞대고 싶어서. 친구란 이래야지."

도희와 머리를 마주하고 빨대로 모카커피를 한 모금 마셨다. 어찌나 뜨겁고 달콤한지 몸이 녹아버릴 것 같았다. 도희는 모카커피를 한 모금 마시고는 뜨겁다느니 살찌겠다느니 몇 마디를 한 뒤에 물었다.

"'바야흐ʃh.'는 뭔 말? 네가 보냈잖아? 모르고 보냈으면 됐고. 남친 없다더니 그새 누굴 사랑한 거야? 얌전한 강아지가 부뚜막에 먼저 올라간다더니."

"짝사랑도 첫사랑에 속한다면 그렇다는 거."

고백할 힘이 없어서 모카커피를 쭉 빨아올렸다. 입속에서 단맛이 난리를 쳤다. 모카커피의 단맛이 강해선지 새삼 세상 모든 일이 시들하게 느껴졌다.

"고백은 했고?"

"아니……. 혼자 좋아했어. 첫사랑은 원래 그런 거라며."

이루어지지 않을 사랑이란 건 알고 있었다. 좋아한다는 말을 할 생각도 없었다. 고백하지 않아도 상관없었다. 그런데 왜 이렇게 허전할까? 마구 지껄이면 좋을 텐데, 말이 나오지 않았다. 가슴속에서 무엇 하나 꺼낼 수가 없었다.

"첫눈에 반한 거야?"

고개만 끄덕였다. 눈앞의 모카커피가 옅은 커피색으로 바뀌었다. 하얀 생크림과 커피가 섞여 커피색이 되었다.

"살맛이 안 나는 게 당연하지. 어쩔 수 없이 결별을 결심했다면 더욱."

도희가 나를 인정해주자, 눈물방울이 떨어졌다. 도희도 어째선지 울 것 같은 얼굴을 하고 있었다.

"사실은 의지하고 싶었던 건지도 몰라. 사랑이라기보다는……. 따뜻한 위로를 소원했던 거."

도희에게 제대로 전해졌을지 모르겠다. 그렇게 말하고는 소리 없이 울었다. 눈물이 멎었을 때는 모카커피가 옅어져 있었다. 퍼뜩 정신이 든 나는 언제부터 이렇게 울보가 되었나, 스스로가 한심하게 느껴졌다. 운 게 부끄러워 어디론가 사라지고 싶었다. 화끈 달아오른 얼굴에 차가운 컵을 갖다 대자 도희가 말했다.

"속이 뚫렸어?"

나는 시치미를 뚝 떼듯 모카커피를 죽 들이켰다.

"그래, 사랑 얘기를 카페에서 안 하면 어디서 하냐? 찬혁 오빠 얘긴데."

첫사랑이었다. 그러나 시간을 타지 않는 것은 그 어떤 것도 없다. 사랑도, 육체도, 기억력도. 기억력이라도 좋았다면 마음에 건 '정지' 너트가 풀리지 않도록 좀 더 바짝 조여 뒀을 텐데, 너트와 볼트가 풀린 것 같다.

"눈치가 백단이라서 미안하다, 나라면 말했을 텐데. 찬혁 오빠를 좋아했어. 언니보다 먼저, 그러니까 양보해. 사실은 찬혁 오빠가 언니를 좋아하는 거 같아서 포기하려고 했지만, 맘대로 안 돼."

"필사적이네."

나는 혼잣말처럼 중얼거리고 모카커피를 마셨는데 이 맛도 저 맛도 아니어서 놀랐다. 내 마음도 이것과 똑같을지 모른다고 생각하니, 묘하게 마음이 편안해졌다. 지금 나는 '슬픔의 러너스 하이' 상태일지도 모른다고 생각했지만 신경 쓰지 않았다. 이 레이스가 끝나면 뭔가 달라져 있을 테니까. 슬픔을 극복하고 씩씩하게 살아갈 테니까.

"고백은 하고 끝내. 혼자 북 치고 장구 친 짝사랑이었다고 해도 우리 언니는 찬혁 오빠가 안 받아줘도 계속 고백하는데, 그게 사랑하는 거 아님?…… 안 그래?"

"안 할래. 언니를 사랑하고, 언니가 좋아하게 된 거로 충분해."

내 마음을 제대로 말했다. 첫사랑에 대해. 어찌할 수 없는 사랑이란 감정에 대해. 나는 다 마신 커피 대신 맹물을 마셨다. 박찬혁, 젊은 사진가. 곁에 있는 것만으로 행복했고, 동작 하나하나와 말 한마디 한마디 떠올리는 것만으로 두근거렸던 내 첫사랑. 그걸로 충분하다.

"어찌 가슴이 아프다. 아씨, 뭐, 어찌 생각하면 잘 됐고."

"맘이 아프면서도 한편으론 편하니까······ 나, 노력하기로
했어."

"어이쿠, 그러셔요?"

"나, 원래 그러셔!"

웃었다. 그리고 얼음을 와삭 깨물었다. 도희가 있어서 다행
이다. 더 이상 묻지 않아서 고마웠다. 카페에서 모카커피를 마
시길 잘했다. 그렇게 생각하는 내가 맘에 들었다. 찬혁을 그렇
게 정리했다. 도희를 만나고 집에 온 나는 하릴없이 뒹굴었다.
열에 시달렸기 때문이었다. 언니는 서울 친구네 갔다고 엄마에
게 문자를 보내왔다. 나한테는 바다 보러가서 못 들어오고 알
바도 안 간다는 문자를 보내왔다. 혼자 집에서 밤을 맞았다.

◆ ◆ ◆

엄마는 또 시작이다. 서성이는 소리도, 저놈의 한숨 소리까지 우리
방으로 밀려온다. 아, 오늘도 잠들지 못할 것 같다. 비는 또 내리고
고양이들이 울어댄다. 뭔가, 다른 것을 생각해보자······.

언니는 왜 그토록 빨리 변해갈까? 그럴수록 왜 언니가 불쌍할까?
집에도 들어오지 않은 언니의 변화가 왜 나를 두렵게 만드는 걸까? 이
모든 생각들이 나를 뒤흔들면서 잠들지 못하게 끈질기게 들러붙었
다. 내 자신과 이야기를 나누었다.

"왜 언니랑 같이 있는 걸 두려워해?"

"이때까지의 언니와 다르게 평안해 보이다가 갑자기 다른 행동을 하고 정색을 하는 게 적응이 안 돼."

"언니는 빨리 어른이 되어 가는 거야."

"개애뿔, 왜 그런 멍청한 생각을."

"그래, 언니는 이렇게 사는 게 지긋지긋해서 이곳을 벗어나려는 거야."

"아니면 두려워서 그러는지도 몰라."

"그렇게 당당한데 뭘 두려워한다는 거야? 사는 거?"

"단순히 그런 게 아냐……. 모든 사람이 같은 패턴으로 살아야 하는 건 아니잖아. 쌍둥이마저도 제각각 다른데. 그건 그렇고 어쨌든 찬혁이 멋진 건 확실해."

"맞아. 그런데 뭘 두려워하는 걸까?"

"나랑 똑같은 두려움?…… 그건 나도 모르겠어. 언니 자신도 모를 수 있고."

여전히 머릿속이 시끄러웠고 몸이 몹시 뜨거웠다.

◇

14

더웠다. 무서울 정도로 고요하기도 했다. 내 말은 우리 집이
조용한 것은 정상적인 일이지만, 그것을 넘어선 무거움이 느껴
졌다. 무슨 일인가 일어났는데……. 무슨 일이 일어났는지 기
억할 수 없었다. 무력감이 들었다. 얼떨떨해서 계속 눈을 감고
있었다. 어제 겪은 일들이 되살아났다. 내가 벌인 무서운 행동
들, 강철과의 싸움, 두물머리에서의 일들이 나를 짓눌렀다. 인
기척에 번쩍 눈을 떴다. 언니가 침대에서 지켜보고 있었다. 그
새 언니가 집에 돌아온 것이다.

"언니…… 누가 아픈 거야?"

골이 울렸다. 몸이 뻣뻣하고 쿡쿡 쑤셨다. 살인 미수를 하면
이렇게 되나보다. 일어나려는데 많이 어지러웠다.

"니가 아픈 거야. 약 먹고 더 자."

이상하게도 모든 것이 흐릿하게 느껴졌다. 눈을 감았다. 정말로 피곤했다. 그 후로도 사흘 가량을 열에 들떠서 누워 있어야만 했다. 그동안 비가 멎었다가 내렸다가 했다. 찬진의 예상처럼 강철은 죽지 않았다. 내 휴대폰에 부재중 전화가 몇 통 찍힌 걸로 확인할 수 있었다. 그리고 우리는 협의라도 본 것처럼 알바를 가지 않았다. 물론 엄마에게 고백해야 하리라는 건 안다. 고백하든 안하든 엄마는 여전히 지금까지의 엄마처럼 행동할 것이다. 몸은 깡말랐지만 엄마는 지혜롭고 다정하다.

"도희 엄마가, 너희들 밤에 왔다 갔다 한다던데. 시치미 떼도 소용없는 거 알지?"

"답답해서 강가를 돌아다녔어요."

"얘들아, 좁아터져서 집에 있기 싫은 건 알아. 그래도 엄마를 돕는 셈 치고 밤에는 집에 있어."

우리는 잠자코 듣고 있었다. 사랑하고 지혜로운 사람이 말하면 그냥 잠자코 듣는 거다. 하지만 언니는 옛날과 달랐다.

"우리도 클 만큼 컸어요, 하고 싶은 걸 스스로 선택할 만큼. 더 얘기할 게 있고요."

언니가 방금 뱉은 말이 지금 생각해 낸 거라는 낌새는 찾아볼 수 없었다. 그건 오래전에 결정한 거였다. 문제는 언니가 무엇에 대해 말하고 있는지 내가 모른다는 것뿐. 언니가 돈뭉치를 꺼내 식탁 위에 놓았고, 엄마는 그 돈을 빤히 쳐다보았다.

"우리가 번 거예요. 해결사가 소개해준 노래주점에서 알바했어요."

엄마는 얼굴을 감싸 쥐었다. 사채업자들에게 시달릴 때의 표정보다 더 침통한 표정이었다. 엄마는 비척비척 싱크대로 걸어갔다. 몸이 휘청했다. 언니가 얼른 엄마를 붙잡아 의자에 앉혔다. 나는 이 식탁은 우리의 알바 시작과 끝을 알겠구나, 생각했다.

"우리가 노래주점에서 알바를 한 건, 해결사가 강요해서도 아니고 그게 꼭 돈 때문만도 아니었어요. 엄마도 아시다시피 우리는 우리에게 무슨 일이 일어났는지 봤어요. 간신히 머리를 물 밖으로 내밀고 헐떡일 뿐이라서……. 우리를 물 밖으로 끌어올려 숨 쉴 수 있게 만들어줄 무언가를 하지 않을 수 없었어요."

엄마가 끼어들었다.

"그게 엄마를 더 힘들게 해도?"

"우리가 누군데요? 엄마가 청소 알바하는 지원이를 보셨다면 그렇게 말하지 않을 거예요. 정말 그 순간 최선을 다했어요. 그래서 결코 힘들거나 부끄럽지 않았어요."

언니는 들끓는 생각을 제대로 전달하려고 몸부림을 쳤다. 그건 내 모습이기도 했다. 우리가 누군데? 그 물음에 깜짝 놀란 건, 나도 우리가 누군지 알게 된 게 불과 얼마 전이기 때문이다. 공부에 시달려야 하는 입시생이고, 걸핏하면 노래방에 가는 고딩이고, 멋내기 좋아하는 여고생이었다. 거기에 한 가지가 더 있었다. 자매라는 것!

엄마가 나에게 간절한 눈빛으로 말했다.

"어떻게 그런 걸 할 수 있었어?"

"엄마는 어떻게 버티면서 일하세요?"

"인생이란 어려울수록 삶의 의욕이 강해지는 거야. 대부분 사람들이 그래. 특히 나 같은 사람은 더욱 그렇지. 그렇게 엄마도 성장 중이지. 이 세상에 완전한 어른은 없어. 성장하는 어른이 있을 뿐이야."

"우리도 그런 엄마, 아빠의 자식이에요. 우린 살아내기 위해 숨쉬기를 했을 뿐이에요. 다시는 그런 숨쉬기는 않을 거구요. 그런 숨쉬기를 않는 대신 다른 숨쉬기를 시작할 거예요, 엄마! 학교를 안 다닐 거고, 취직해서 집을 도우면서 간호학원을 다닐 테니 그건 이해해주세요."

언니가 절대 물러서지 않겠다는 듯 강하게 말하고 엄마를 똑바로 쳐다보았다.

엄마는 세차게 도리질하며 일어서다가 바닥에 주저앉더니 무릎을 꿇었다. 그동안 눈길 한번 주지 않은 벽에 걸린 나무십자가를 바라보았다. 원망하거나 울거나 하지는 않았다. 울음을 독하게 참는 것 같았다. 무릎을 꿇고 십자가를 바라보며 두 손

으로 싹싹 빌었다. 울컥 눈물이 나오려 했다. 언니가 엄마의 앞
에 앉았다.

"엄마, 허락해주세요. 제발!"

언니의 눈꺼풀이 파르르 떨렸다. 여고생이란 나이에 어울리
지 않는 자기 절제, 삶의 무게가 언니의 숨통을 조이고 있다는
걸 나는 왜 모르고 있었던 걸까. 엄마는 엄마답게 한마디를 꾹
꾹 누르며 대답했지만 결국 울음이 섞여 들었다.

"미안해, 미안해. 부모가 능력이 없어서 미안해."

엄마는 한숨처럼 그 말만 되풀이했다. 언니는 엄마의 손을
꽉 붙잡고 안심시키려고 안간힘을 썼다.

"능력이 없어도 널 낳아준 엄마니까 내 말대로 한 학기만 참
아줘. 그다음 일은 그때 생각해도 늦지 않을 거야. 그다음엔 네
선택에 맡길게. 부탁이야, 제발, 제발……."

엄마는 언니에게 말하는 게 아닌 듯, 기도하듯 십자가를 향
해 중얼거렸다. 그리고 물었다.

"그게 그렇게 급하니? 6개월도 참을 수 없을 만큼?"

언니는 미리 준비한 잘 짜인 대답을 내놓는 대신 오랫동안
생각에 잠겼다. 그러다 고개를 가로저었다. 엄마의 맨다리 위
로 언니에게서 흘러나온 굵은 물방울이 떨어졌다. 뚝 뚝뚝.

눈과 코가 뜨거워지고 귀가 먹먹해졌다. 나는 얼른 다가가
그 둘을 껴안았다. 우리는 그렇게 한동안 부둥켜안고 서로를

위로했다. 엄마는 우리에게 세상보다 크고 강한 존재였다. 대화가 마무리될 즈음, 아니, 그 이전부터 엄마는 알고 있었다. 우리 스스로 길을 찾도록 내버려두는 게 유일한 방법이라는 걸. 엄마는 우리를 번갈아 부둥켜안았다.

"어떤 상황에서든 서로 잘 돌봐라."

"그럴게요."

언니가 시원스레 대답했고, 나는 엄마를 안심시키기 위해 미소를 지었다. 엄마가 이런 힘든 상황에서 우리 걱정을 하지 않기를. 우리를 사랑하는 힘으로 견디기를 바랄 뿐이다. 엄마 또한 우리를 걱정하는 눈빛이지만, 더 이상 삶에 지쳐 빠진 기색은 아니었다. 우리는 힘든 일을 겪어왔고, 나는 정말로 죽을 고비를 넘었다고 생각했다. 붕 뜬 다른 세계에 갔다가 비로소 현실로 돌아온 것 같았다. 그리고 엄마는 출근했고 우리는 오후의 강가로 나섰다. 둘이서 나란히.

"언니, 아름답게 살기로 한 마음을 잃으면 안 돼."

"안간힘을 쓰고 있어."

날씨는 여전히 더웠지만, 내린 비로 열기가 식은 강가는 이루 말할 수 없이 청량하고 화창했다. 그런데도 나는 머리가 맑질 못했다. 뜨거운 물속에 들어앉은 것처럼 몽롱한 기분이 계속되었다. 벽이 있는 곳은 어디든 답답했다. 가슴이 터질 것 같다가 불현듯 답답함이 사라져 주변을 살펴보면 두물머리였다.

언니가 마른 손으로 내 손을 잡아주었다. 언니는 깨끗한 식탁보 위의 보랏빛 꽃에 대해 이야기했다. 그와 스테이크를 먹었다고 했다. 긴 머리를 스윽 손으로 빗어 올리면서 먹었을 것이다. 틀림없이 예쁘고 아름다웠을 것이다. 언니는 그런 이야기를 하면서도 나와 같이 있는 게 더 편하다고 했다.

"졸업장 받자마자 취직하고 간호학원에 다닐 거야. 그렇지만 뭐, 안심해. 취직도 간호조무사도 임시이고, 단계를 밟아서 진짜 간호사가 될 거니까. 찬혁 씨 쓰러졌을 때, 그때 나한테 맞는 일을 깨달았어. 그렇게 내 인생을 준비할 거고, 그걸 덥석 낚아챌 거야! 제대로 된."

제대로 된. 나는 그 말을 소리 내지 않고 중얼거렸다. 언니는 충동적으로 이런 말을 할 사람이 아니다. 언니가 어떤 말을 내뱉었다면, 그건 이미 결정된 사실이다. 초조함이 밀려들었지만, 어떤 길이든 두려움이 안 생기겠는가. 답은 나왔다. 인간을 평가하는 기준이 학력은 아니지? 예스. 중요한 건 다른 거겠지? 예스. 시시한 일에 연연해서 중요한 것을 놓치는 건 슬픈 일이지? 당연하지! 나 자신에게 확인시켰다.

"걱정할 거 없어. 약속대로 고등학교는 마칠 거니까. 우리 집엔 빚이 많아. 빚만 다 갚으면 아빠랑 모여 우리도 남들처럼 살 수 있겠지. 그런데 이런 식으로는 불가능해. 그래서 나, 이제 뒤쫓는 건 그만두려고. 좀 앞서 나가보려고. 사회단체에서 사채업에 시달리는 사람들 구호운동도 할 거야."

한참 동안 침묵이 흘렀다.

"찬혁 오빠랑 계속 사귈 거야?"

훗, 안개 묻은 미소가 느껴졌다.

"아씨, 웃자고 묻는 거 아니잖아."

"우선은 열심히 공부할 거야. 그다음엔 돈을 많이 벌 생각이고. 그다음에 집도, 학교도, 차도, 사는 김에 세상을 사버리면 좋겠지. 무엇보다 빚을 다 갚아버릴 거야. 다시는 우리를 불안하게 못하도록."

"빚을 다 갚아버릴 거야."라는 말을 하면서는 입을 세게 앙다물었다. "빚을 다 갚아버릴 거야." 다시 반복하는 언니에게 소리쳐 정신을 차리게 했다.

"왜 그렇게 극단적이야? 언니, 딱 고딩 맞다! 아무리 힘들어도 우리 아름답게 살기로 했잖아. 우린 지겹도록 앞날이 창창하고."

"그러니까, 한번 창창하게 살아보려고. 잘하는 게 별로 없었던 나. 대학교쯤은 맘대로 해도 되지 않니? 더 나은 생활을 위해서라기보다 지금의 삶에서 벗어나기 위해서. 아무 확신도 뭣도 없지만 더 이상 지금에 머무르지 않고 벗어나려는 거지, 무엇을 하든 그것을 선택할 수 있는 사람은 오직 나뿐이야!"

언니가 멀어져 갔다. 이대로 보낼 순 없다.

"언니! 내가 사랑했던, 사랑을 싸랑한 것뿐이라고 했던 사람이 찬혁 오빠야. 언니 말대로 사랑을 싸랑한 것 같아, 내 감정에 치우친 사랑을 사랑한 거니까 찬혁 오빠랑 사귀어도 돼. 알고 있었어?"

지금이 아니면 이런 말을 할 수 없을 것 같았다.

"아니, 하지만 이해할 수 있어. 그와 있으면 숨통이 확 트이더라. 왠지 모르지만, 그냥."

그렇게 이야기는 끝이 났다. 언니는 찬혁과 데이트도 하고 사랑하다가 어쩌면 이별을 할지도 모를 일이다. 언니는 그러고도 남을 사람이다. 며칠의 알바에서 놓여나 갑자기 무료해진 나는, 핸드폰 사진으로 남은 로또를 심심풀이 땅콩처럼 번호를 맞춰보았다. 놀랍게도 로또에 당첨되었다. 찬혁이 사준 로또가 3등에 당첨된 거였다. 더 놀라운 건 그 복권을 내가 강물 속에서 뭉개버렸다는 거다.

"엄마, 로, 로또, 3등에 당첨됐는데, 복권을 강에 버려버렸단 말이야! 난 몰라, 언니, 언니야…… 어떻게 좀 해봐."

팔짝팔짝 뛰며 가슴을 칠 수밖에 없었다. 계속 로또 당첨 사례와 당첨된 사람들의 후기를 검색했다. 자꾸 읽어내려 갈 수밖에 없었다. 불황기가 계속되어 로또판매점은 장사진을 이루지만 일확천금의 꿈, 로또복권의 당첨 확률은? 로또복권 1등 당첨은 하늘의 별따기 같은 확률이었다. 그런데도 몇 천 만원의 복권이 죽은 사람 방에서 발견되기도 할 만큼 목숨을 건다고 한다. 로또 한 방에! 평생 혼자 살면서 로또에만 투자하다가 눈을 감은 사연이 내 마음을 다스리는 데 약이 되었다. 마약 같은 로또의 폐해를 깨달은 거였다.

그런 점에서 내 아우성은 로또복권을 버린 것 때문만도 아니며, 찬혁 때문만도 아니었으며, 그렇다고 새삼 우리집이 어려워서만도 아니었다. 그 많은 나쁜 운명 속에서 내게 다가온 좋은 우연을 알아보지 못한 것이 슬펐다. 아니, 세상에 대한 순정이 깨진 데에 있었다. 앞으로 나는 지금보다는 세상을 좀 더 쉽게 살아낼 수 있으리라. 거기에는 좀 약은 내가 있을 것이다. 아니, 조금 성장한 것일까?

로또복권의 행운이 비켜간 이후에는 특별한 일이 없었다. 생활은 전과 달라진 것이 없었다. 세상은 '그리하여 고난을 이겨내고 그들은 행복하게 살았습니다.'로 끝나는 동화가 아닌 것이다. 엄마는 사채업자들로부터 시달리면서도 일을 하였고, 내가 책을 잡고 공부를 시작했다는 것이 달라진 점이라면 다른 점이었다. 이처럼 세상에 기적이란 없다. 하지만 세상의 중요한 일은 공교롭게도 세월과 우연이 해결하는 것도 같다.

아직 어둠이 짙다. 어둠 속에서 나는 일어난다. 잠을 설쳤지만 이상하게 머릿속이 맑고 시원하다. 카메라를 메고 현관문을 나서는데 언니가 카메라 가방에 뭔가 쑤셔 넣었다. 초코바 3개였다.

"내 동생 파이팅!"

언니가 불끈 주먹을 쥐어 든다. 나도 주먹을 마주 보였다.

아직 세상은 깨어나지 않았다. 길에 타닥타닥 내 발소리가 울린다. 새벽 강의 안개가 외로움으로 달려든다. 앞을 본다. 저기, 희미하게 밝아오는 공기 속에서 오토바이의 불빛이 다가온다. 걸음을 멈추고 숨을 고른다. 찬진이 뭐라고 외치며 손을 흔든다. 나도 흔들어 준다. 스쿠터가 멈춰 선다. 찬진의 숨결을 들으면서 스쿠터에 올라탄다. 그리고 내 속에 어려 있는 어둠을 살펴본다. 그것은 두려움 같기도 하고, 기대와 흥분이 뒤얽힌 희망 같기도 하다. 그것은 내가 알고 있는 허공이었다. 언제든 도처에 널려 있는 허공 속으로 발을 디딜 수 있다고 나는 스스로에게 되뇌었다. 이 어둠이 바로 희망이기 때문이야……. 어둠이, 희망이 온몸을 휘감는다.

눈을 감자 세상이 아슬아슬하게 스쳐간다. 넌, 무섭지 않아? 나는 세상이 두려워. 뭘 어찌해야 하는지도 모르겠어. 하고 싶은 일도, 해야 할 일도, 아직은 손에 잡히지 않아. 그런데 말이야, 꼭 뭘 이루기 위해 사는 건 아니잖아? 그냥 살아 있으니까, 살아내는 거야! 가끔 상상해. 20년 후엔 나, 어떤 모습으로 살고 있을까? 20년 후에도 나, 지금과 별로 다르게 살고 있지는 않을 것 같아.

그때도 지금처럼 친구들과 어울려 다니고, 오늘 저녁엔 뭘 해먹을까, 작은 고민들로 하루를 채우고 있겠지. 그래도 말이야. 나, 느낄 수 있어. 오늘 이 순간의 나는 어제의 나와 다르다는 걸. 우리가 무얼 할 수 있는지, 우리가 어떤 사람이 될 수 있는지 미처 배울 기회를 갖기도 전에 세상은 막 내몰았지만, 봐! 나는 이렇게 실수와 상처로 얼룩진 길을 한 걸음씩 밟고 앞으로 나아가고 있잖아! 저 족자섬 모양의 발자국을 남기면서.

넓적한 시멘트판 같은 하늘이 낮게 걸려 있다. 그런 하늘을 보다가 언젠가부터 늘 주머니에 넣고 다니던 칼을 움켜쥐었다. 칼을 움켜쥔 순간, 망설임이 전신을 휘감았다. 과연 이 칼을 버릴 수 있을까, 이 칼 없이도 세상을 무서워하지 않을 수 있을까? 망설이는 동안에도 오토바이는 부르릉 소리를 내며 계속 달리다가 두물머리로 접어들었다. 강이 넓게 펼쳐졌다. 나는 움켜쥔 칼을 강물에 세게 던졌다. 등 뒤로 첨벙 하고 물결이 튀어 오르는 소리가 들리고, 내던진 칼은 곧장 과거 속으로 흘러 들어갔다. 칼을 떠나보낸 주먹을 불끈 쥐었다.

저기, 느티나무가 보인다. 희미하게 밝아오는 공기 속에, 아빠처럼 듬직한 느티나무가 있고, 그 아래서 "어지원!" 하고 부르는 찬혁이 보인다. 다른 사람들도 있다. 하나같이 사람 좋아 보이는 사람들이다. 여명이 밝아오는 족자섬을 찍기로 한 것이다. 나도 모르게 웃음이 에헤헤, 흘러나온다.

찬혁은 아무 말이 없다. 카메라를 매만지는 손가락은 여전히 길다. 느티나무가 희뿌연 안개 속에서 흔들린다. 찬혁이 느티나무를 올려다본다. 그 몸짓이 어딘지 아프고 쓸쓸해 보여서 그 쓸쓸함에 나는 난데없이 애틋한 기분이 된다. 그렇게 따로 또 같이 쓸쓸해 보이는 채로, 우리는 느티나무를 바라보고 있다. 흐르는지 멈췄는지 시간은 알 수가 없다. 갑자기 찬혁이 "지원아." 한다. 몸을 돌리는데 그가 어깨를 감싸는 게 아닌가. 자연스럽게 찬진까지 합세해 셋이 어깨동무를 하고서 홀로 떠 있는 족자섬에 여명이 깃들기를 기다린다. 찬혁이 나의 일상을 흔들어놓은 것은 부인할 수 없는 사실이다. 언니를 사귄 후로는 좀 의지하고 싶은 편안한 사람이 되기는 했다.

중요한 것은 이 새벽, 한 장소에서 함께 강을 바라보는 것. 내 곁의 사람들과 같은 쪽으로 얼굴을 향하고 강물이 철썩이는 걸 듣는 것이다. 강물 철썩이는 소리에 가슴이 출렁거렸다. 내 안에서도 신선한 내가 되살아난 듯하다. 그것이 일상에 지친 내 마음이 체험한 파도, 조그만 소생의 이야기에 지나지 않는다 해도, 역시 사랑은 대단한 것이라고 생각한다. 혼자서 내 안의 첫사랑과 마주했더니, 너덜너덜하도록 상처 입고 지쳐버렸더니, 불현듯 내 본래의 모습이 고개를 처든 것이다!

겉으로는 나는 아무것도 변하지 않았고 우리의 관계도 변함이 없지만, 마음의 파도를 몇 번 넘기면서 가장 힘든 고비를 넘긴 것이다. 그것이 첫사랑인지 짝사랑인지 바람처럼 왔다가 사라지는 불꽃같은 열정인지는 모르겠지만, 그런 생각이 든다. 우리를 둘러싼 이 순간이 흐르는 물처럼 우리를 휘감는 느낌으로.

아니, 그러지 않을 수도 있으리라. 나는 지금 내 곁에 있는 따스한 눈빛의 이 사람을 계속 짝사랑할 수도 있다. 앞으로 다가올 잡다하고 무수한 일들까지 모두. 사랑이란 게 삶을 함께 사는 것이라는 걸 알기 때문이다. 『아Q정전』을 쓴 루쉰에 따르면 사랑은 삶을, 일상을 나누면 그만이란다. 사랑을 싸랑이란 말로 포장하지 말라는 뜻인 거 같다. 그래서 내 불확실한 앞날을 어떻게든 받아들이고 싶은 것이다. 모든 것이 씁쓸하면서도 달콤하고, 너그러우면서도 잔인한 아름다운 순간이다.

어둠이 지나고 아침이 오는 것은 자연의 순리이다. 힘들었던 한 시기가 지나면 훌쩍 성장하는 것이 인생의 순리란다. 우리의 삶은, 그렇게 숭고한 아름다움으로 계속될 것이다.

편지 말미에 적혀 있던 할아버지의 왈처럼, 저 멀리 산언저리에서 태양이 꿈틀거리고 있다. 첫 빛이 두물머리로 번졌다.

◆ ◆ ◆

아아, 방금 잠에서 깨어난 것처럼, 모든 것이 소름끼치도록 아름답게 보인다. 정말, 아름답다. 밤을 지새운 사람들도, 강가에 줄줄이 켜진 초롱의 불빛도 강바람 속에 서서, 아무 말 없이 족자섬을 바라보는 느티나무님도.

우리는 카메라의 초점을 맞추고 있고, 태양은 산 너머에서 고개를 내밀고 있다. 어둠을 천천히 삼키더니 급기야 짠! 하고 그 얼굴을 드러냈다. 우리는 족자섬을 감싸고 있는 희뿌연 안개 위로 빛 내림을 하는 해를 마주하고 있다. 그 풍경 하나만으로도 감사하다, 저걸 볼 수 있게 해준 신에게 감사를 드린다.

"정말 아름답죠?"

"응, 너도……. 울보에다 통감자에 모나리자 미소에……."

찬혁은 말끝을 흐렸다. 가슴에다 풍경을 집어넣느라 바쁜 것이리라. 그러므로 짐작할 따름이다. "너도 태양처럼 빛나고 따스해." 뭐 이런 말이기를 바랄 따름이다. 하지만 찬혁은 아무 말도 하지 않았다. 아주 아름다운 것을 봤을 때 말이 필요 없듯. 그러거나 말거나 나 역시 이 순간이 너무도 소중해서 눈물이 쏟아질 것만 같다.

이 또한 지나가리라! This too shall pass away! 의 눈길로 돌아보는 풍경, 눈에 보이는 모든 것이 사랑스럽다. 누구나 따로 또 같이 살아가는 모습을, 또렷한 정신으로 볼 수 있어서 정말 기쁘다. 살아 돌아오길 잘 했다. 두물머리에 외따로이 떠 있는 족자섬처럼, 누구나 무소의 뿔처럼 혼자서 자신의 발자국을 남기는 것이리라.

- 에필로그

두물머리의 환*이여,

　미안합니다만, 저 혼자만 무릉도원에 이르고 말았답니다. 세상에 쫓기어 두물머리로 도망간 게 아니라 가슴이 이끄는 길 따라서 산책한 것뿐이었지요. 멀리 보이는 강가의 풍경이 되기도 하였고 물길처럼 눈빛을 휘어보기도 했답니다. 칭얼거리는 일상의 흙먼지를 툭툭 털어버린 곳쯤에서 두물머리는 슬쩍, 도원의 한 귀퉁이를 보여주었습니다. 강이면서도 강이 아니라는 듯, 섬이면서도 여유로운 숲이라는 듯, 유랑하는 한 척의 배인 척하는 땅에서 느티나무 이파리들이 깃을 치는 물의 정원이었습니다.

- '환하다'의 어근이다.

214

그 물의 정원에 발을 들여놓는 순간, 섬의 형체도 이름도 사라지고 정원을 거니는 저도 어느 샌가 햇살이었답니다. 오랜 허기를 채우고도 남아서 가슴을 덥히고도 남을 것 같은, 빛살들, 조금 빈 것도 같게! 조금 넘칠 것도 같게! 이만하면 나도 강물 위의 보석으로 반짝일 만하다 싶던, 앗, 내가 강물 위에서 찰랑찰랑 물결로 차올라 빛을 타는구나! 하는 찰나에 무릉도원의 문이 열렸습니다. 아름다운 그 세계에는 아픔이 없는데도 괜히 그렁그렁 눈물겨웠답니다. 늘 저에게로 닿는 길을 박박 지우고는 하였는데, 누추한 가슴으로 생의 한가운데에 쪼그려 앉아 신음하다 가는 게 우리의 삶이 아니었던 모양입니다.

참 아슬아슬하게도 말이지요, 사랑이 하트 문양의 꽃잎 위에 저를 태웠기 때문입니다. 반짝, 반짝거리는 윤슬을 타는 꽃잎의 흐름이 시간에서 놓여난 삶의 삼매, 삼매경, 이라는 걸 미리 알고서 물결 위에 연분홍 꽃잎을 띄울 줄 아는 사람. 평생 단 한 번뿐일지 모를Once In a Lifetime의 사랑놀이로 저는 꽃잎배의 물방울이 되어 그저 눈부시게 빛나기만 하였답니다. 빛살을 타고서 천천히 흐르는 꽃잎 쪽배, 그 꽃잎배 위에서 한 물방울로 겹쳐서 그네를 탄 첫사랑! 꽃잎 위의 물방울 낙원을 찾아가는 길은 굳이 알려주지 않으렵니다. 저 혼자 무릉도원에 이르고 돌아와 참으로 미안합니다만,

『사랑을 싸랑한 거야』
창작 노트

사랑을 싸랑한 거야

그대들이 아우성쳤다.

학교에서 공부, 학원에서 또 공부, 집에 가도 귀가 따갑도록 공부, 공부, 공부…… 지겨워 죽겠어요. 대학에 들어가서도 취업 공부, 취직도 힘들다는데 짜증나요. 계속 이렇게 사는 게 인생이에요? 재밌고 신나는 일은 없냐고요? 드라마처럼 달달한 사랑 얘기를 써주세요. 책 읽는 순간만이라도 현실을 잊고 딴 세계에서 행복할 수 있게요.

그대들과 소리쳤던, 뭐 하나 부족함 없이 행복하게 공부하던 한 명의 그대가 울부짖었다.

집이 망했어요. 사업 실패로 아빠가 행방불명인데 어떡해요? 지금 공부가 문제가 아니고, 무얼 먹고 어디서 살게 될까요? 두려워서 죽을 것 같아요. 사는 게 이렇게 힘든데 사람들은 왜? 어떻게 계속 살아왔고 살아가는 걸까요? 로또에 당첨되지 않는 한 우리 집은 불가능해요!

내가 그대에게 말했다.

하늘의 별 따기보다 어렵다는 로또복권 당첨? 당장은 그런 허망한 별이라도 쳐다보면서 사랑의 힘으로 견뎌나가야겠지. 그러다보면 순식간에 지나가는 태풍처럼 이 또한 지나가버린단다! 라고. 그렇게 말하는데, 로또판매점 앞에서 당첨 사례를 오랫동안 응시하고 서 있던, 깡마른 몸에 커다란 눈의 창백한 소녀가 떠올랐다. 개뿔! 싸랑의 힘이요? 라고 그대가 소리칠 때였다. 사랑*? 싸랑**?

사랑에 감정을 격하게 덧입혀 하는 사랑이 싸랑이라고? 그럴 때의 사랑은 자신의 순정한 감정을 사랑하는 거라고? 그렇다면 그때야말로 순수한 사랑을 하는 게 아닐까? 자신의 열정인 감정을 사랑하는 싸랑이 한때의 에너지이자 통과 의례인 것이다. 그런 시기의 힘으로, 꿈으로 누구나 살아가는 걸 거야, 말하고는 톨스토이의 인생론을 생각했다. 그러자 릴케의 시가

- 사랑: 어떤 사람이나 사물, 대상을 몹시 아끼고 소중히 여기는 마음 또는 그런 일.
- 싸랑: 사랑의 경남 방언. 후두(喉頭)근육이 긴장하면서 내는 기식이 거의 없는 자음의 된소리로, 감정이 격한 상태나 상황일 때에 사랑을 싸랑이라고 발음.

가슴에서 달려 나왔다.

어느 봄날에선가, 꿈속에선가, 언제였던가, 너를 본 적이 있다. 지금, 이 가을을 우리는 함께 걷고 있다. 그리고 너는 내 손을 잡고 흐느끼고 있다. 흘러가는 구름 때문인가? 핏빛처럼 붉은 나뭇잎 때문인가? 그렇지 않으리. 언제였던가 한 번은, 네가 행복했기 때문이리라. 어느 봄날에선가, 꿈속에선가.

– 라이너 마리아 릴케

사랑으로 가슴 앓는 학생과 느닷없이 위기에 처한 가정의 학생이 눈물과 삶의 질문을 쏟아냈을 때, 명쾌한 대답을 해주지 못한 나는, 그들이 질문한 삶의 이유와 사랑을 쓰기 시작했던 나는, 사람들이 힘들다고 아우성치면서도 삶을 계속 살아가는 이유에 몰두하던 나는, 아직도 그 이유와 사랑이 뭔지 모르는 나는, 불현듯 두물머리 산책로를 걷고 또 걸었다.
왜 하필 두물머리냐고 묻는다면 나 자신도 확답할 순 없다. 막연히 북한강과 남한강이 만나는 곳이라는 게 이유가 아닐까, 이 책의 마무리쯤에서 그 이유를 알게 되지 않을까, 싶었다. 두 물줄기가 합쳐지는 두물머리에서 나는, 생각지 않았던 첫사랑의 아름다움과 조우했고 여전히 이유를 알 수 없는 외로움과 찰나의 달콤함에 부딪히기도 했다. 하루가 천년의 무게로 느껴질 때, 사랑의 힘을 생각했다. 사람은 무엇으로 계속 사는가를 찾았던 건 아닐까? 혹은 이유 같은 건 상관없이, 어찌 되었거나 흘러가는 게 인생이라고 생각했을까? 또는 영원히 만날 수 없는 지난날을 추억하는 어른이면서도 아직도 성장 중인 나와 그대들의 허망하고도 찬란한 시간들에게 영광을 돌렸을까?

'사랑을 싸랑한 거야'의 인물들은 나와 내 친구들의 이야기이기도 하고, 지금 이 시대를 사는, 겉으로는 잘 지내는 척 웃고 있어도 속으론 울고 있을 청소년들의 이야기이기도 하다. 누군가를 사랑하기에는 서툰 나이지만, 다른 사람을 순수하게 받아들일 수 있는 때가 청소년 시기가 아닌가 싶다. 그래서 어른이 된 뒤에도 누구나 청춘기의 사랑을 보물처럼 안고 평생을 사는 것 같다. 첫사랑이라는 껌을 질겅질겅 씹으며 생각하는 것이다. 그래, 인생은 실전이다. 사랑도 실전이다. 따라서 인생은 사랑과 같고, 사랑은 인생과 같다고 읊조리면서.

그런 인생과 사랑의 공통점은 매우 복잡하다는 것이다. 살아 있다는 것, 삶이 원래 복잡하다는 뜻이다. 그러므로 사랑이든 싸랑이든 눈앞에 펼쳐진 모든 것이 각자의 생활일 뿐이다. 사랑은 삶을, 일상을 나누는 그것이다! 라고 말한 작가 루쉰처럼, 편히 생각하고 고개를 들면 사랑도 삶도 감사하면서 살게 되지 않을까(?) 그처럼 이 책이 앞날이 지겹도록 창창한 독자들 마음에 가닿으면 좋겠다. 그래서 악천후의 시간을 살고 있는 독자가 '이 또한 지나가리라!'를 느끼고, 다시는 돌아오지 않을 순간들의 달콤함을 아, 달다! 달다! 말하면서 눈앞의 시절을 만끽하길 바란다. 어느 구석진 자리에 있는 청춘들이 그렇게 힘을 얻으면 좋겠다는 큰 꿈을 품어보면서, 아주 탁월한 프로정신으로 똘똘 뭉친 '특별한서재' 출판사의 가족께 깊은 감사를 드린다.

- 사설이 길었다. 또 이 순간의 가을이 지나간다.

정 미

사랑을 싸랑한 거야

ⓒ 정미, 2019

초판 1쇄 인쇄일 | 2019년 10월 28일
초판 1쇄 발행일 | 2019년 11월 8일

지은이 | 정　미
펴낸이 | 사태희
편집인 | 배우리
디자인 | 박소희, 권수정
마케팅 | 박선정
제작인 | 이승욱, 이대성

펴낸곳 | (주)특별한서재
출판등록 | 제2018-000085호
주 소 | 서울시 마포구 양화로 59 화승리버스텔 703호
전 화 | 02-3273-7878
팩 스 | 0505-832-0042
e-mail | specialbooks@naver.com
ISBN | 979-11-88912-60-5 (43810)

이 도서의 국립중앙도서관 출판예정도서목록(CIP)은 서지정보유통지원시스템
홈페이지(http://seoji.nl.go.kr)와 국가자료종합목록시스템(http://www.nl.go.kr/kolisnet)에서
이용하실 수 있습니다. (CIP제어번호 : CIP2019042152)